Ralf Kramp (Hg.)
Tatort Eifel 5

Vom Herausgeber bisher bei KBV erschienen:

Ralf Kramp (Hg.)

Tatort Eifel 5

Kriminelle Kurzgeschichten

Originalausgabe
© 2015 KBV Verlags- und Mediengesellschaft mbH, Hillesheim
www.kbv-verlag.de
E-Mail: info@kbv-verlag.de
Telefon: 0 65 93 - 998 96-0
Fax: 0 65 93 - 998 96-20
Umschlaggestaltung: Ralf Kramp
unter Verwendung von:
© fotozick, © TTstudio – www.fotolia.de
Druck: CPI books, Ebner & Spiegel GmbH, Ulm
Printed in Germany
ISBN 978-3-95441-257-0

Inhalt

Vorab

Liebe Freunde der spannenden Kriminalliteratur aus der Eifel,

geht es Ihnen nicht auch so? Die Zeit verstreicht wie im Fluge. Kaum hat man mal tief Atem geholt und denkt, es sei nun wieder Frieden in unserem beschaulichen Landstrich eingekehrt, da hat es doch schon wieder im Nu etliche Mitmenschen dahingerafft. Unter Zuhilfenahme von Pilzen, Messern, Pistolen, Gift und anderen Dingen wurden sie vom Leben zum Tode befördert.

Und auch wenn es augenscheinlich die Hauptdarsteller der Geschichten in diesem Buch sind, die diese Untaten begangen haben, so stecken doch in Wahrheit die skrupellosen Autorinnen und Autoren dahinter. Deren finsterer Fantasie sind wie eh und je keine Grenzen gesetzt. Sie haben sich einmal mehr vom Liebreiz der Eifel nicht täuschen lassen und haben gesponnen, wie es denn wohl sein würde, wenn erneut der dunkle Schatten des Todes auf die Landkarte fällt, die das

Gebiet zwischen Aachen, Bonn, Koblenz und Trier abbildet.

Sie werden bei dem Studium der Stories altbekannten touristischen Highlights begegnen: Bad Münstereifel und sein prominenter Bürger Heino sind ebenso vertreten wie das bezaubernde Schloss Weilerbach oder Monschau und der köstliche Senf, der dort zubereitet wird. Aber es finden sich auch Tatorte, die bislang noch nie als solche in Erscheinung getreten sind: Das wildromantische Dortebachtal, das hübsche Tal des Dünnbachs, die bizarren Sandsteinfelsen in Kommern, die Kurklinik Marmagen, der Rursee, das Festivalgelände des legendären »Rock am Ring«, die Wolfsschlucht … Mal ehrlich, hätten Sie gedacht, dass hier überall Mörder ihr Unwesen treiben?

Na, und es gibt natürlich auch Örtlichkeiten wie das Hillesheimer Land oder das Dreiländerdörfchen Kehr, aus denen das literarische Verbrechen ja gar nicht mehr wegzudenken ist.

Jaja, die Mörder, sie rasen über die Autobahnen durch die Eifel, sie bringen ihre Opfer aus der Großstadt hierhin, sie vergraben sie, sie legen sie auf den Misthaufen, sie verscharren sie unter Steinlawinen … Warum? Vielleicht, weil sie es hier einfach hübscher haben, die Toten? Könnte doch sein, oder?

Wölfe, Tränensäcke, Zitronenbäumchen, Drohnen und ein Fön … nun, es dürfte wieder für jeden etwas dabei sein in unserer bunten Sammlung unterschiedlichster Kriminalgeschichten. Sie werden wieder einmal staunen, wie vielfältig das Genre sein kann. Es gibt Tieftrauriges und Heiter-ironisches, es gibt atemlose Spannung und hemmungslosen Klamauk.

So ist sie nun mal – die Eifel mit ihren Mördern.

Ihr Ralf Kramp

Herr Müller fährt in die Eifel

VON ELKE PISTOR

Gut. Das Foto ist neu und aus nächster Nähe mit einer anständigen Kamera aufgenommen. Nur noch mal zur Sicherheit nachgeschaut. Da bin ich sehr präzise und überprüfe das lieber dreimal. Die kleinen Papierschnipsel in den drei Mülleimern auf dem Weg zum Parkplatz wird niemand mit mir in Verbindung bringen können.

So kann der Arbeitstag beginnen.

Moment. Hab ich den Herd ausgemacht? Das Fenster geschlossen? Wenn ich das Fenster auf Kipp gelassen habe, kann Bubi sich einklemmen. Davon hört man ja so oft. Dass die Katzen versuchen, durch das Fenster zu entwischen, aber dann in dem Spalt stecken bleiben und elend zugrunde gehen. Schrecklich. Das will ich mir gar nicht ausmalen. Nein. Das lässt mir keine Ruhe.

So. Jetzt ist es wirklich zu. Wie gut, dass ich noch mal gucken war. Es war ja alles in Ordnung. Fast. Aber der Griff war nicht richtig eingerastet. Bubi hätte sich von unten mit den Pfoten dagegen stemmen, den Riegel öffnen und das Fenster kippen können. Dann hätte er vielleicht versucht, durch das Fenster zu entkommen, dabei abrutschen, einklemmen und ersticken können. Puh. Mein Herz rast schon wieder bei der Vorstellung, aber ich war ja da. Ich habe das Fenster ja kontrolliert und mehrfach am Griff gerüttelt.

Ein letzter kurzer Blick in den Kofferraum. Alles soweit klar. Gut verpackt und verschnürt. Die Plane liegt zusammengefaltet in der Ecke und wartet auf ihren Einsatz. Die Schaufel werde ich nur im Notfall zum Einsatz bringen.

Und was ist, wenn ich den Griff durch meine Rüttelei jetzt wieder los ... Nein. Ruhig bleiben. Ich war da. Ich habe es kontrolliert. Ich weiß, dass es zu sein muss. Es gibt keinen Grund für meine schweißnassen Hände. Keinen einzigen. Außer vielleicht ...

Oh mein Gott – der Herd. Ich habe den Herd nicht überprüft! Ich werde es schuld sein, wenn diese nette alte Dame aus der dritten Etage zu Tode kommt. Weil mein Gasherd explodiert. Dabei grüßt sie mich immer so freundlich. Und nimmt meine Pakete an, wenn ich nicht da bin. So ein zierliches Persönchen. Jedes Mal, wenn sie runterkommt, sehe ich sie vor meinem geistigen Auge stürzen und mit gebrochenem Genick am Fuß der Treppe liegen.

Also gut. Der Herd war aus. Ich habe jetzt sogar noch zusätzlich den Haupthahn abgedreht. Jetzt kann wirklich nichts mehr passieren.

Auch nicht dem netten kleinen Mädchen aus der Etage unter mir. Die immer so schnell mit ihrem Laufrädchen über den Bürgersteig flitzt. Da hat man ja keine Chance als Erwachsener, wenn die mal zwischen zwei Autos hindurch auf die Straße ... und dann kommt ein Wagen. Oder ein LKW. Bei so kleinen Kindern reicht ja schon ein Zusammenstoß mit einem Fahrradfahrer. Zack. Sie fallen um und mit dem Hinterkopf auf die Bordsteinkante. Dass die ihr auch nie einen Helm anziehen. Also, wenn ich der Vater von dem kleinen Mädchen wäre ... Aber das bin ich nun mal nicht. Vielleicht ist das auch gut so. Kleine Kinder, große Sorgen, oder wie heißt das? Ich glaube, es würde mich wirklich überfordern.

Der Waffenkoffer liegt neben mir auf dem Beifahrersitz. Es dauert exakt vierzig Sekunden, bis ich mein Werkzeug zusammengebaut und geladen habe. Das kann ich blind und im Schlaf. Jahrelanges Training. Ich bin Profi.

Eigentlich bin ich ja kein ängstlicher Mensch. Nur wenn es um die wirklich wichtigen Dinge geht. Um Existenzielles. Sicherheit geht vor. Gut. Manchmal übertreibe ich es. Aber nur ein ganz kleines bisschen.

Vermutlich werde ich den Schalldämpfer zum Einsatz bringen müssen. Das Gelände sah bei der Überprüfung im Internet sehr frei zugänglich aus. Wohnhäuser in nächster Nähe. Ein öffentlicher Park.

Vielleicht wäre Valerie heut noch bei mir, wenn ich nicht die Polizei angerufen hätte, als sie sich verspätet hat. Aber ich wusste genau, wann ihr Gymnastikkurs zu Ende war und wie lange sie normalerweise für den Heimweg brauchte.

Wenn man sich ausmalt, was ihr alles in dieser halben Stunde hätte passieren können. Ein Überfall. Eine

Vergewaltigung. Oder noch Schlimmeres. Man weiß doch, was alles für Leute unterwegs sind. Die Welt ist kein sicherer Ort. Ganz bestimmt nicht.

Es kann aber auch sein, dass es die Sache mit dem Grenzposten war, die ihr dann doch zu viel wurde. Was musste sie auch auf diese Dienstreise nach Asien aufbrechen? Ich hatte ihr gesagt, dass es schwierig sein würde, Kontakt mit zu Hause, also mit mir zu halten. Wer konnte schon wissen, in was für einen Dschungel es sie verschlagen hatte? Ohne Telefon. Ohne Internet. Als sie sich länger als 24 Stunden nicht gemeldet hatte, wurde ich unruhig, habe die Botschaft angerufen, was von einem dringenden Familienrückruf erzählt und darum gebeten, sie suchen zu lassen. So in der Art, wie man es bei Organspendern und Sterbefällen macht. Es stimmte ja auch. Ich starb fast vor Sorge um sie!

Dafür kann ich mich jetzt voll auf meinen Job konzentrieren und neue Wege gehen. Diese sozialen Netzwerke zum Beispiel. Früher hätte mir damit keiner zu kommen brauchen. Reine Zeitverschwendung hätte ich gesagt. Heute sehe ich das mit ganz anderen Augen. Man muss sich nur darauf einlassen und schauen, was für einen selbst dabei rumkommen kann. Jedes Business hat ja so seine eigenen Gesetzmäßigkeiten. Es ist wirklich sehr effektiv, sich geschäftlich bei Facebook, Twitter und solchen Sachen umzugucken. Da haben die neuen Werbe-Experten schon recht. Die Leute sind sehr freigiebig mit ihren Informationen über ihre Urlaube und Ausflüge. Weder die neuen Nummernschilder noch das Auto werden wohl vor der Rückkehr ihrer Besitzer aus dem Urlaub vermisst werden.

Seit Valerie weg ist, lebe ich wie gesagt allein. Hat auch Vorteile. Doch, wenn ich es mir recht überlege, sogar mehr Vor- als Nachteile. Ich muss meine Rente mit niemandem teilen. Ach, da fällt mir ein, ich wollte doch noch wegen dieses Sonderangebotes für eine private Vorsorge meinen Versicherungsagenten anrufen. Hoffentlich vergesse ich das nicht.

Die Frage ist nur, wem soll ich das alles vererben? Bubi? Geht das? Einer Katze?

Hoffentlich geht es Bubi gut, solange ich weg bin. Es sind vermutlich nur ein paar Stunden. Länger brauche ich sicher nicht. Ich beeile mich. Aber Rasen kommt natürlich auch nicht infrage. Man hört ja immer von diesen schrecklichen Unfällen.

Ah, da vorne kommt die Ausfahrt Euskirchen. Am Ende rechts und dann immer weiter geradeaus, bis man am Ziel ist. Die Route hat sich in mein Gedächtnis gebrannt. Ich finde immer meinen Weg. Und hinterlasse keine Spuren. Mein Navi zeigt für heute vorsichtshalber eine Fahrt in eine völlig andere Richtung, nach Düsseldorf, an. Karten gibt es keine, und auf meinem Computer sind alle Cookies gelöscht, die auch nur ansatzweise etwas über mein heutiges Ziel verraten. Da muss man sich keine Sorgen machen.

Hier war ich noch nie. Schade eigentlich. Ich sollte öfter mal aufs Land hinausfahren. Je weiter man in die Eifel hineinfährt, umso hübscher wird es. Ein Freilichtmuseum. Wie heißt das? Kommern. Aha. Hier könnte ich ja gut mal mit dem Nachbarsmädchen hin. Ohne

Laufrädchen natürlich. Bildung ist ja nie verkehrt. Und ich bin mir nicht sicher, ob ihre Eltern auch genügend Anreize schaffen. Man weiß ja, wie wichtig es ist, dass Kinder frühzeitig viel gezeigt bekommen von der Welt. Gleich wenn ich wieder zu Hause bin, werde ich mich direkt mal anbieten, mit ihr diesen Ausflug zu machen. Man ist draußen, bewegt sich und lernt etwas dabei. Das ist doch prima.

Die frische Luft soll ja überhaupt sehr gut für die Gesundheit sein. Die Leute hier werden auch viel älter als in der Stadt. Meistens.

Ob ich das auch schaffe? Wenn ich weiter gut auf mich achtgebe, Sport mache und das kleine Bäuchlein in Schach halte. Auch jedes Jahr einmal zur Vorsorge. Ich muss vorsichtig sein, weil da in meiner Familie ein paar Mal was vorgekommen ist. Krebs. Nicht schön. Wirklich nicht. Geht mir nah, diese Sache. Immerhin rauche ich nicht. Und beim Trinken auch nur ein Likörchen nach getaner Arbeit. Als kleine Belohnung. Man muss ab und an nett zu sich selbst sein. Das ist auch gut für die Arbeitsmoral und die Gesundheit.

Hach, fein. Ich bin perfekt in der Zeit. Wie immer. Anders wäre es sehr ärgerlich. Der Chef kann es auf den Tod nicht ausstehen, wenn einer seiner Mitarbeiter unpünktlich ist. Was das für meinen Arbeitsplatz bedeuten würde, möchte ich mir gar nicht ausmalen. Kein Job, kein Geld. Keine Wohnung, kein Dach über dem Kopf für Bubi und mich. Und dann? Aber ich sollte mir keine unnötigen Gedanken machen. So einfach kann er mir nicht kündigen. Ich bin schon so lange dabei. Hab ihm geholfen, die Firma aufzubauen. Aus dem Nichts sozusagen. Immer angepackt, wenn es nötig war. Immer. Und auch mal Aufträge der anderen Kollegen übernommen, wenn die mal nicht konnten. Aus familiären Gründen oder weil sie gerade örtlich zu sehr gebunden waren und beim besten Willen nicht wegkamen. Das passiert ja schon mal. Keine große Sache. Eigentlich. Nur fehlt dann derjenige einfach an seinem Platz. Und die anderen müssen die Arbeit für ihn mitmachen. So groß ist die Firma ja nun auch wieder nicht.

Es wird aber auch immer schwieriger, die richtigen Mitarbeiter zu finden. Entweder fehlt es an der nötigen Sachkenntnis oder an der Sorgfalt und der Disziplin. Ohne die geht es nämlich nicht. Wer glaubt, in diesem Beruf bis in die Puppen in den Federn lümmeln und danach erst mal ausführlich frühstücken zu können, irrt sich aber ganz gewaltig. Sagt ja schon Schiller in seiner Glocke: *Arbeit ist des Bürgers Zierde, Segen ist der Mühe Preis.*

Ach ja, das ist auch schon lange her. Lernen die Kinder heutzutage so was eigentlich noch? Gedichte? Dabei gibt es so schöne. Goethe zum Beispiel: *Im Felde schleich ich still und wild, gespannt mein Feuerrohr.* Der Rest ist mir gerade entfallen. Auch sehr schön.

So, hier sind wir ja schon. Gemünd. Alles läuft nach Plan. Das ist doch gut zu wissen. Es macht ja auch wirklich keine Freude, wenn man unnötig Zeit vertrödelt. Das kostet nur Nerven, sage ich immer. Meine und die der Kundschaft.

Apropos Nerven ... wegen der Überarbeitung. Auszubildende sind ja auch extrem rar gesät. Wer will denn heutzutage noch richtig arbeiten, frag ich. Sich die Finger dreckig machen? Die sitzen doch lieber alle in einem netten klimatisierten Büro und wälzen ihre Aktenordner. Oder werden Lehrer.

Gemünd. Nett hier. Hätte ich ja nicht vermutet, nach dieser Einflugschneise durchs Industriegelände am Ortsanfang. Alles grün, links und rechts viel Wald, eine hübsche Kirche, und eine Einkaufsstraße scheint es auch zu geben. Schade, dass ich in der nächsten Zeit nicht so schnell wieder herkommen kann. Vielleicht sollte ich nicht immer nur beruflich nach passenden Ausflugszielen suchen, sondern auch mal privat was unternehmen. Wandern oder so. Ein Hobby wird mit zunehmendem Alter immer wichtiger.

Ah – da geht es zur Schützenhalle. Hinter der Lindenstraße rechts abbiegen, an der Wiese entlang, dann wieder links. Am Kurpark.

Punktlandung.

Das ist jetzt ein ganz kleines bisschen ärgerlich.

Am Ende der schmalen Straße komme ich mit dem Auto gar nicht durch. Da stehen Poller. Den Wagen auf dieser Wiese abzustellen, kommt nicht infrage. Das ist zum einen sicher nicht erlaubt, und ich bekomme schneller ein Knöllchen, als ich Pieps sagen kann, und zum anderen ist das sicher auch für den Lack nicht gut, ihn da so unter diesen Bäumen einfach abzustellen. Wenn da Vögel auf den Ästen sitzen. Und was auch immer fressen. Und dann dem Gang der Dinge ihren Lauf lassen. Vielleicht sogar Tauben? Man weiß doch, wie gefährlich es ist, ungeschützt mit Taubenkot in Verbindung zu kommen. Diese ganzen Bakterien. Die

Papageienkrankheit kann man davon kriegen und womöglich daran sterben. Alles schon da gewesen.

Und ich müsste über die Wiese laufen, wenn ich aus dem Auto aussteige. Was ich mir da alles einfangen könnte. Zecken oder noch Schlimmeres. Wer weiß, was hier alles kreucht und fleucht. Immerhin ist Gemünd ja das Tor zum Nationalpark. Ein Naturschutzgebiet, in dem alles leben darf, was da leben will. Sicher auch gefährliche Tiere. Ich weiß zwar jetzt nicht genau was, aber das muss ich auch nicht wissen, weil es mich zu sehr aufregen würde. Wölfe haben die hier sicher nicht. Füchse vielleicht.

Und Bären? Was ist mit Bären? Kommen die dann bis in den Kurpark? Die Tiere können ja nicht lesen, wo das Tor zum Nationalpark ist. Insofern könnte man ihnen das auch gar nicht zum Vorwurf machen. Wie bei diesem Bär damals in Bayern. Der Problembär. Und wie heißt das dann? Beschwerdefuchs? Belastungswolf?

Scherz beiseite.

Der Poller ist nicht wirklich ein Problem. Keins, das sich nicht ganz schnell mit wenigen Handgriffen erledigen lassen könnte. Eine kleine Auswahl an Vierkantschlüsseln habe ich selbstverständlich immer dabei. Gut sortiert und ordentlich eingepackt. Da ist doch auch das Türschloss am Schützenhaus schnell zur Aufgabe überredet.

So, Herr Müller. Jetzt haben Sie es fast geschafft. Nur noch ein paar Minütchen. Ja, ich weiß, der Knebel ist ein bisschen lästig und die Nacht im Kofferraum mit den Fesseln ... Nun ja. Es gibt sicher bequemere Haltungen. Aber ich habe Ihnen ja schon die Decke und die Kissen untergelegt. Sie sollten sich ja so weit wohlfühlen. Das macht nach meiner Meinung auch den Könner aus. Oder vor allem. Dieser kleine Unterschied im Service. Die Erkenntnis, sich in den Händen eines echten Profis zu befinden. Ich möchte, dass Sie wissen, dass ich zuverlässig arbeite. Es Ihnen so angenehm wie möglich mache. Ich gebe mir wirklich viel Mühe damit und fände es schön, wenn Sie mich ein bisschen mögen könnten. Auch wenn vielleicht die Umstände dagegen ... Ich verstehe Sie ja durchaus.

Ihre Frau hat darauf bestanden, dass ich Ihnen noch etwas ausrichte. Sie seien eigentlich ein Netter, sagte sie, und dass sie es auch ein wenig bedaure, aber Sie hätten sicher Verständnis, weil sie nun mal das Geld aus der Lebensversicherung brauchen würde.

Hier entlang bitte, Herr Müller. Wir lassen es so aussehen wie einen Unfall mit der Schützenwaffe. Das klappt schon, keine Angst. Die Versicherung wird keinen Verdacht schöpfen. Ihre Frau wird über jeden Verdacht erhaben sein. Es ist nicht das erste Mal, dass ich diese Variante wähle, und bisher hat sich noch niemand beschwert.

Was? Ja. Das stimmt. Die Frauen sind nicht mehr das, was sie mal waren. Da bin ich ganz bei Ihnen, Herr Müller. Aber was soll man machen? So als moderner Mann muss man mit der Zeit gehen. Heimchen am Herd war einmal. Heute wollen sie alle was Eigenes machen. Jetzt mal Augen zu und durch.

So. Sehen Sie. Das ging doch sehr gut. Alles schon

erledigt. War auch gar nicht so schlimm, wie Sie viel-leicht erwartet hatten, oder? Ich hoffe, ich habe Sie nicht totgeredet. Aber jetzt ist es ja vorbei. Sie haben auch erstaunlich wenig geblutet. Das war sehr rück-sichtsvoll von Ihnen. Noch ein paar letzte Handgriffe meinerseits, und alles ist vorbereitet für die Polizei.

Dann mache ich mich mal rasch vom Acker, Herr Müller. War nett, Sie kennen zu lernen. Wenn unsere Bekanntschaft auch nur von sehr kurzer Dauer war. Bubi wartet sicher schon auf sein Fresschen. Hoffent-lich hat er nicht wieder die Trockenfutterdose geknackt. Dann überfrisst er sich immer, nachher ist der ganze Teppich eingesaut, und dieses Fleckenzeug taugt ja nichts. Die Blumen hab ich auch vergessen heute Morgen. Und meine Tablette. Die ist wichtig. Die sollte ich nicht vergessen, hat der Doktor gesagt. Auf keinen Fall.

Ach, eigentlich macht man sich immer viel zu viele Sorgen. Nein, Sie jetzt nicht mehr, Herr Müller. Sie sind jetzt ganz entspannt. Könnte auch ein bisschen an der Eifel liegen, oder?

Auf der Autobahn mit Niki Lauda

VON ANTONIA SPOHR

Wir kennen sie nicht, die beiden, die in dem gestohlenen Golf sitzen, und wir werden sie auch niemals kennen lernen. Vielleicht haben sie den Golf wegen des Aufklebers auf der Heckscheibe gewählt: *World Champion 1984 – Niki Lauda*. Aber das ist reine Vermutung. Ihre Moralvorstellungen, ihr Motiv, das alles wird nicht ans Licht treten. Was bleiben wird, sind zwei gefälschte moldawische Pässe, ein Jagdgewehr und mehrere Stangen Zigaretten im Kofferraum.

Ihn aber kennen wir, es ist Michael Hildebrand, der Motivationstrainer, der es nicht schafft, mit dem Rauchen aufzuhören. Er ist flott unterwegs. Wenn der Verkehr gut fließt, ist er in einer Dreiviertelstunde zu Hause. Noch einen Begrüßungskuss für die Frau, einen Gutenachtkuss für die Tochter und dann den Laptop hochfahren und mit viel Kaffee in die Nachtschicht. So sieht der Plan aus.

Obwohl wir uns kriminelle Moldawier breitschultrig, muskulös und mit tiefer Stirn vorstellen, sind unsere beiden eher schmächtig, ja sogar fast zierlich. Dafür haben sie schlechte Gebisse, das passt wieder in unser Weltbild vom gefährlichen Osteuropäer: verschlagener Blick und Parodontose. Wahrscheinlich besteht ihre ganze Berufsausbildung aus dem Konsum dilettantisch synchronisierter Hollywoodfilme. Glücklicherweise ist der cineastische Auftragsmörder nicht sehr gesprächig. Seine ganze Arbeit besteht darin, Kaugummi zu kauen und schweigend auf sein Opfer zu lauern. Er kaut Kaugummi, damit seine Kiefermuskulatur beschäftigt ist. Und natürlich, weil die amerikanische Kaugummiindustrie Gangsterfilme sponsert.

Sowohl im geleasten BMW von Michael Hildebrand als auch im kurzgeschlossenen Golf der Moldawier läuft dasselbe Radioprogramm. Nicht, dass irgendeiner bewusst den Sender gewählt hätte. Gerade spielen sie *I will survive* von Gloria Gaynor. Aber keiner der drei hört hin. Es würde ihnen auch nichts nützen. Die These, dass das Unterbewusstsein trotzdem irgendetwas aufnimmt und gewinnbringend verarbeitet, ist natürlich Quatsch. Das Unterbewusstsein ist mit ganz anderen Dingen beschäftigt.

Es ist nicht ihr erster Auftrag. Sie sind ein eingespieltes Team, so viel steht fest. Die Moldawier – wenn es denn tatsächlich Moldawier sind – wissen, was sie vom jeweils anderen zu halten haben. Patronen aus ihrer Waffe wurden schon in mehreren europäischen Ländern gefunden. Wahrscheinlich sind sie keine Freunde. Den mit der Narbe über der linken Augenbraue nervt es, dass der andere seine leeren Getränkedosen und die Schokoriegelverpackungen unter dem Sitz liegen lässt. Den mit der schmalen Lippe macht die Art wahnsinnig, wie der mit der Narbe seinen dünnen Pferdeschwanz immer wieder um den Finger wickelt. Aber sie kennen sich schon aus ihrer Kindheit, so wird es sein. Zwei Außenseiter. Falscher Haarschnitt, falsche Kleidung, falsche Pausenbrotbüchse und ein Faible für Autoquartett. Beide saßen sie an derselben Bushaltestelle, um auf den Schulbus zu warten. Und beide haben sie mit ihrem Luftgewehr schon im zarten Alter von zehn auf die Blütenkelche im Tulpenbeet der Großmutter des Narbigen geschossen. Woran sie so denken, während sie so warten? Wahrscheinlich an nichts. Es arbeitet in ihnen, aber es dringt nicht bis an die Oberfläche. Oder sie denken an die Familie. Daran, dass das Meerschweinchen der Tochter acht Junge geworfen hat oder dass die dicke Cousine schon wieder schwanger ist. Auf jeden Fall aber rauchen sie: ein Laster, das schlecht mit dem Kauen von Kaugummis vereinbar ist. Schon allein wegen der Koordination von Lippen und Kiefer. In Hollywood raucht schon längst keiner mehr. Doch hier vermengt sich der Zigarettenrauch mit dem Nebel, denn sie haben die Fenster heruntergelassen, damit die kühle Luft die Sinne schärft.

Woran Michael Hildebrand denkt? Da können wir sicher sein, denn er denkt ja seit Monaten an nichts anderes mehr. Es ist nichts Geringeres als die Revolution der Ratgeberliteratur. Alles soll sich ändern: Der Leser will Wissenschaft, will Beweise, will Hirnforschung. Außerdem braucht er ein lobendes Vorwort von einem Experten, das wird ihm immer klarer. Und er hat sich auch schon einen ausgesucht: Prof. Dr. Dr. Manfred Speitzler. Nur, dass der noch nichts von seinem Glück weiß. Michael Hildebrand zündet eine Zigarette an. Rauchen erleichtert das Nachdenken, er hat da eine ganz eigene Theorie.

Der Verkehrsfunk warnt vor schlechten Sichtverhältnissen.

Das Handy klingelt. Der Schmallippige nimmt ab. Die Verbindung ist schlecht: dunkler BMW, Ahrweiler Kennzeichen. Dann ein Funkloch, aber da haben sie genug gehört, sind schon unterwegs. Geschickt fädelt sich der Golf in den fließenden Verkehr.

Wie soll er Speitzler kontaktieren? Am besten ist wohl eine Anfrage per E-Mail. Aber die noch wichtigere Frage ist: Soll er erst das Buch fertigschreiben oder Speitzler schon in den Entstehungsprozess einbinden? Speitzler hat bestimmt ein paar brauchbare Ansätze. Wahrscheinlich aber muss das Buch erst fertig sein, sonst will er womöglich noch beteiligt werden. Und dann wird Speitzler zu den Buchvorstellungen eingeladen – nicht er: Michael Hildebrand, der Revolutionär der Ratgeberliteratur.

Kinderschänder, Menschenhändler, Drogenbosse ... Wer in das Visier der Moldawier gerät, hat es verdient.

Vielleicht hilft ihnen dieser Gedanke, wenn sie nachts wach liegen. Oder aber sie haben einen gesegneten Schlaf, nichts stört sie beim Einschlafen, noch nicht einmal das Summen der Klimaanlage, die in jedem Hotel anders ausgeschaltet werden muss. Sie träumen von Niki Lauda und von schwangeren Meerschweinchen. Trotzdem schlafen sie nicht gerne in Hotels, obwohl sie sich das längst leisten könnten. Lieber nächtigen sie in billigen Motels, mischen sich unter die übermüdeten Fernfahrer und Monteure, dort fühlen sie sich wohler. Dort fallen sie weniger auf.

Es gibt mehrere Arten von Autofahrern, die Michael Hildebrand am liebsten abschießen würde. Das sind zum einen die, die kurz vor ihm noch auf die linke Spur rüberziehen. Wie zum Beispiel dieser wild gewordene Mazdafahrer von eben. Der telefoniert nebenbei mit seinem Handy, das hat Michael Hildebrand genau gesehen. Wobei nebenbei natürlich das falsche Wort ist. Hauptsächlich telefoniert der mit seinem Handy, nebenbei fährt er Auto und wechselt die Spur. Unverantwortlich so was. Und das bei diesen Sichtverhältnissen. Und dann: Kleinwagen! Das sind auch so Geschosse! Gelenkt von dicken Müttern, Kekskrümel zwischen den Sitzen und mit aufgeklebtem Warndreieck auf der Heckscheibe mit der Aufschrift *Leonie on board*. Beinahe wäre er da draufgefahren. Schleicht die mit 80 an einem Laster vorbei! Wenn sich alle darauf einigen würden, wie normale Menschen zu fahren und endlich der ganze Gütertransport auf die Schiene verlegt würde, hätten alle was davon. Dann bräuchte auch niemand diese geschmacklosen Aufkleber. Nützen nichts und kann man sowieso erst lesen, wenn der Sicherheitsabstand bereits unterschritten ist. Beinahe hätte er gehupt, kann aber noch an sich halten. Fluchen ist aber erlaubt. »Lahmarschige Tratschtrine«, blafft er und überholt Leonie und ihre Mutter.

Ein Anschlag auf der Autobahn ist immer mit Unvorhersehbarkeiten verbunden. Da kann man Auto fahren können wie Niki Lauda. Aber die Moldawier werden keine Bilder mit nach Hause nehmen. Schlimmstenfalls den Blick aus dem Rückspiegel auf ein auf dem Dach liegendes Auto: Räder nach oben. Doch selbst das ist unwahrscheinlich. Das Auto wird einfach in die Leitplanke rollen. Keine Explosion, kein Feuer, kein Rauch. Viel besser, als einem von vorn in die Stirn zu schießen. Sowieso ist es viel besser, wenn das Opfer nichts ahnt. Da lassen sich viele rührselige Szenen vermeiden. Hätten sie das von Anfang an gewusst, dann könnten sie sich jetzt abwechseln. Einmal schießt der eine, dann der andere. Aber seitdem der Schmallippige dieses Zittern in den Händen hat, muss immer der Narbige ran. Trotzdem teilen sie ihr Honorar fifty-fifty. Noch.

Er könnte Speitzler auch nach einer Veranstaltung persönlich ansprechen, ihm ein Exposé und eine Visitenkarte in die Hand drücken und hoffen, dass der es nicht im nächsten Papierkorb entsorgt. Kurz hält er inne: Da geht es um die Planung eines Buches mit dem Titel *Optimismus siegt* und er macht hier einen auf Schwarzseher. Warum sollte Speitzler nicht begeistert sein?

Im Golf wartet man darauf, dass Michael Hildebrand auf die rechte Spur fährt. Die Gelegenheit kurz vor dem Autobahnkreuz ist optimal. Hier kann man sich unauffällig in den abfließenden Verkehr einfädeln. Der Narbige drückt die Zigarette aus, lässt das Fenster herunter. Wichtig sind der richtigen Abstand zum Zielfahrzeug und eine annähernd gleichbleibende Geschwindigkeit. Ein ganz kleines bisschen hinter dem BMW von Michael Hildebrand. Der Winkel muss stimmen. Sie haben nur einen Versuch. Der Narbige lädt durch.

Michael Hildebrand zündet sich noch eine Zigarette an. Vom Rauchen bekommt man Krebs, behauptet seine Frau. Diese Aussage verstößt gegen das Optimismus-Prinzip, das hat er ihr schon hundertmal zu erklären versucht. Wer raucht und davon überzeugt ist, dass er davon Lungenkrebs bekommt, der stirbt auch an Lungenkrebs. Wer aber raucht und davon überzeugt ist, dass er in hohem Alter friedlich seinen letzten Atemzug mit intakten Lungenbläschen in funktionsfähigen Lungenflügeln tun wird, bei dem wird es sich genauso einstellen. Trotzdem hat seine Frau natürlich recht und er wird aufhören – sobald das Buch fertig ist. Früher macht es keinen Sinn. Ist auch reine Geldverschwendung, diese Raucherei.

Der Narbige versucht, zu zielen. Ein roter Corsa mit dem Aufkleber *Leonie on board* nimmt plötzlich Fahrt auf und schert nach links aus. Wahrscheinlich muss Leonie ganz dringend auf die Toilette. Sie müssen abbremsen, um nicht mit dem Corsa zu kollidieren. Noch einmal absetzen, durchatmen, die verspannte Muskulatur der Schultern lockern. Die Idee mit der Autobahn stammt nicht von ihm. Es ist eine ausgesprochen blöde Idee. Der Auftraggeber wollte es so. Vielleicht hat er im Kino zu viele Verfolgungsjagden gesehen. Aus einem fahrenden Wagen auf ein bewegliches Ziel zu schießen, ist nicht einfach, aber der Narbige ist ein guter Schütze, das weiß er auch. Trotzdem. Er spürt ein Klopfen in seinen Schläfen.

Ein lauter Knall. Der Kopf wird nach vorne – nach hinten geschleudert. Die Autobahn dreht sich, zweimal, dreimal. Die Leitplanke rast auf die Windschutzscheibe zu. Der Schmallippige tritt auf die Bremse. Wieder eine Drehung. Reifen quietschen, Airbags platzen auf, Mittelstreifengrün, Rauschen in den Ohren. Es folgt eine Kollision mit einem Laster, der – so wird sich herausstellen – gefälschte Bauteile für Ventilatoren aus China geladen hat, aber davon bekommen die beiden Moldawier schon nichts mehr mit.

Michael Hildebrand hört den Knall und sieht im Rückspiegel den quer stehenden LKW. Erschreckt, aber auch erleichtert, dass er den sich jetzt bildenden Stau bereits hinter sich gelassen hat, fährt er an der nächsten Ausfahrt von der Autobahn ab. Der rote Corsa mit *Leonie on board* fädelt sich unauffällig hinter ihm ein. Er drückt die Zigarette aus. Vielleicht sollte er doch schon eher mit dem Rauchen aufhören.

Showdown im Dortebachtal

VON RUDI JAGUSCH

4 ...

Conrads Stärke war die Geduld.

Schon als Kind hatte er stundenlang mit einer Lupe in der Hand vor einem Ameisenhaufen sitzen können und über Leben und Tod der fleißigen Insekten entschieden. Er grinste, als er sich an die durch den gebündelten Sonnenstrahl qualmenden Chitinpanzer erinnerte. Oder an die verdampfenden Köpfe mit den eiskalt wirkenden Facettenaugen, in denen keinerlei Gefühlsregungen zu entdecken waren. Wie mächtig er sich mit dem Brennglas in der Hand gefühlt hatte, gottgleich und teuflisch zugleich.

Seit gut einer halben Stunde hockte Conrad mit dem Finger am Abzug im Gebüsch und fixierte über Kimme und Korn sein Opfer. Diebisch freute er sich auf den einen Schuss, der seinen Widersacher niederstrecken würde. Ein schönes großes Loch würde er diesem *Winnetou* in die Stirn stanzen.

Armselig, wie der dort vor dem mickrigen Wasserfall

stand und mit Old Shatterhand über die Weite der Prärie plauderte.

Conrad blinzelte den Schweiß aus den Augen. Unbarmherzig brannte die Sonne auf seine bescheuerte Mütze aus Waschbärpelzimitat. Die Trapperjacke aus Kunstleder klebte ihm am Leib.

Gott, wie gerne hätte *er* jetzt dort auf der kleinen Holzbrücke am Wasserfall gestanden.

Er atmete tief durch, kämpfte den Zorn nieder.

Seit Jahren schnappte ihm dieser Widerling eine Hauptrolle nach der anderen weg. Strohdoof, aber blendend aussehend, dagegen konnte Conrad einfach nicht an.

Doch damit würde in einigen Minuten Schluss sein.

Conrad sollte aus dem Hinterhalt heraus ein Attentat auf den Apachenhäuptling verüben.

Perfekt!

Warum musste auch Hans, der Requisiteur, ein passionierter Jäger, die geladene Flinte mit sich herumschleppen? Conrad traf keine Schuld, sich das falsche Gewehr gegriffen zu haben.

Er presste den Lauf fester an die Schulter, verlagerte sein Gewicht und freute sich diebisch auf die kommenden Hauptrollen.

Aber was war das nur für ein seltsames Summen, aggressiv und böse, das plötzlich in der Luft lag?

... 3 ...

Wütend stapfte Freddy durch den Bachlauf oberhalb des Wasserfalls. Das Wasser strömte gurgelnd um seine Gummistiefel herum.

Ein Improvisationstalent.

Mehr sah die Produzentin Bea nicht in ihm. Nur den Typen, der wahre Wunder am Set verbringen konnte. Das hatte sie ihm einmal gesagt.

Dabei hatte er sich mehr erhofft.

Viel mehr.

Aber sie hatte nur Augen für diesen Clown von Winnetou.

Freddy rammte ein Brett mit der Längskante in den schlammigen Boden und häufte melonengroße Findlinge davor. Dabei suchte er Steine mit wenigen Ecken und Kanten aus. Je runder, desto besser. Er schlug einen Zimmermannsnagel ins Holz und befestigte einen Strick daran. Damit konnte er nachher auf das Zeichen des Regisseurs das Brett mit einem Ruck herausziehen.

Schon stieg der Bach an. Für die kommende Szene in einigen Minuten benötigten sie auf einen Schlag mehr Wasser, als das Rinnsal normalerweise zustande brachte. Einen richtigen Schwall stellte sich der Regisseur vor. Ein Versuch, dem Ganzen hier einen Anstrich von Hollywood zu verleihen.

Freddy schnaubte verächtlich.

Was für ein zweckloses Unterfangen. Es würde nichts retten. Das Dortebachtal war reizend, doch im Vergleich zu der Plitvicer Seenplatte war es ein VW Käfer neben einem Rolls-Royce. Niemals würde es ihnen gelingen, mit dem Remake von Karl Mays *Der Schatz im Silbersee* auch nur annähernd an das Original aus den Sechzigern heranzukommen.

Aber ihm war es ohnehin egal. Er sehnte sich danach,

endlich Bea in den Armen zu halten. Dafür war ihm jedes Mittel recht!

Freddy tauchte die Hände ins kalte Wasser und platzierte einen fußballgroßen Stein direkt an der Felskante. Einige Meter unter ihm stand dieser Winnetou bereit. Die kitschige schwarze Kunsthaarperücke glänzte im Scheinwerferlicht.

Mit der Stiefelspitze rückte Freddy den Stein ein wenig nach rechts und kalkulierte im Kopf die Flugbahn. Schließlich wollte er soweit möglich keinen Unschuldigen verletzen. Noch einige Zentimeter, dann war es ideal. Und wenn dieser Stein nicht treffen würde, dann hoffentlich einer der anderen, die er ausgesucht hatte.

Ein listiges Grinsen stahl sich in seine Mundwinkel. Bea hatte recht, er war ein Improvisationstalent. Vor seinem geistigen Auge sah er den Perückenheini schon mit gespaltenem Schädel auf der kleinen Holzbrücke niedersinken.

Was für ein schrecklicher, schrecklicher *Unfall*.

Vollkommen aufgelöst würde Bea um ihren Winnetou trauern.

Und Freddy würde zur Stelle sein, um sie zu trösten.

... 2 ...

Anne verstand sich auf Zahlen.

Nicht in dem Sinne eines Mathegenies. Sie verließ sich eher auf einen Taschenrechner, als auf das Kopfrechnen. Aber wenn sie Tabellen mit Ziffern sah, durchschaute sie instinktiv die Zusammenhänge. Darin war sie so überzeugend, dass es ihr hier beim Film die Stelle als Controllerin eingebracht hatte.

Nur war die anfängliche Freude über den Job rasch verflogen, als sie die Bücher prüfte. Das Projekt war zum Scheitern verurteilt. Unmöglich konnte man mit den paar Kröten einen ordentlichen Streifen aufs Zelluloid bannen. Zumal dieser Winnetou eine horrende Gage für seine mittelmäßige Leistung verlangte. Leider wurden ihre Warnungen, er würde das Budget sprengen, von Bea in den Wind geschlagen. So hatte Anne angefangen, jeden Euro zweimal umzudrehen, bevor sie eine Freigabe erteilte.

Vor der Anstellung war sie trotz guter Zeugnisse fast zwei Jahre arbeitslos gewesen. Eine alleinerziehende Mutter mit drei Kindern gehörte nicht zu den Idealvorstellungen eines potentiellen Arbeitgebers. Die Rückschläge bei den Bewerbungen kratzten an ihrem Selbstbewusstsein. Deswegen hatte Anne sich geschworen, alles zu unternehmen, um das Projekt so lang wie möglich am Leben zu erhalten. Sogar die Stelle als Regieassistentin hatte sie für ein kleines Zubrot mit übernommen, nur um Kosten zu sparen.

Mit dem Klemmbrett in der Hand stand sie neben dem Regisseur, der mit einer Flüstertüte Anweisungen nach links und rechts brüllte. Dabei gab es nur wenige, die die Befehle hörten. Anne hatte Sorge getragen, die Zahl der Komparsen gering zu halten. Außer Winnetou spielten alle Schauspieler mehrere Rollen. Der einzige Kameramann musste sich selbst um den Ton und die Beleuchtung kümmern. Einige Aushilfen waren für das Bühnenbild zuständig und schleppten Gerätschaften hin und her. Und anstatt eines Pyrotechnikers sorgte ein Schlosser aus Cochem für Feuer und Rauch.

»Lass es heute ordentlich knallen«, rief der Regisseur dem Handwerker zu. Der schraubte gerade einen Schlauch an eine torpedoähnliche Gasflasche und paffte dabei seelenruhig eine Zigarre. Um ihn herum standen weitere Flaschen in unterschiedlichen Größen wie Orgelpfeifen aufgereiht.

Nervös blickte Anne zu dem Brenner hinüber, der, hinter Steinen versteckt, vor der Holzbrücke Feuer spucken sollte.

Vorhin, als alle anderen in der Mittagspause waren, hatte sie ihn bis zum Anschlag aufgedreht. Mit etwas Glück würden die Flammen Winnetous Mokassins ordentlich einheizen. Bestimmt würde niemand warten wollen, bis er sich von den Verletzungen erholt hatte. Ein Austausch des Schauspielers wäre daher sehr wahrscheinlich. Und dann würde sie zur Stelle sein und die Hand über die Gage halten.

»Achtung! Alle auf ihre Plätze!«, rief der Regisseur.

Annes Herz klopfte ihr bis zum Hals. Sie legte das Klemmbrett ab und griff zum Feuerlöscher, den sie wohlweislich bereitgestellt hatte. Schließlich war sie kein Unmensch. Winnetou sollte brennen, ja, keine Frage. Aber nicht wie eine Hexe auf einem mittelalterlichen Scheiterhaufen.

Nur ein bisschen ankokeln.

Nicht zu viel und nicht zu wenig. Wie eine komplexe Gleichung, die am Ende sauber aufgeht.

Das würde für ihre Ziele reichen.

Hans liebte Ordnung.

Er hob das Indianerkostüm auf, das ein Statist beim eiligen Umziehen achtlos auf den Boden geworfen hatte. Es war nicht leicht, hier in der Enge des Wohnwagens die Requisiten zu managen. Doch Hans wollte sich nicht beschweren. Es gab Schlimmeres. Seine Miene umwölkte sich, als er daran dachte, was dieses Schwein seiner Tochter Tanja angetan hatte.

Mit zittrigen Fingern goss er sich einen Tee auf. Der aromatische Hagebuttenduft beruhigte ihn. Nach dem üblichen Trubel vor Drehbeginn kehrte jetzt Ruhe ein. Hans setzte sich und starrte zum Fenster hinaus. Das grüne Wasser der Mosel floss träge dahin, ein Sportboot beschrieb mit hochdrehendem Motor Kreise auf dem Fluss.

Ein Lastwagen rauschte vorbei, und der Windzug schüttelte den Wohnwagen durch. Der Wanderparkplatz direkt an der Moselschnellstraße verdiente eigentlich seinen Namen nicht. Er glich eher einer Bushaltestelle. Allerhöchstens vier Wagen konnten auf dem handtuchgroßen Gelände parken.

Seine Gedanken kreisten um seinen Schwiegersohn. Seinen Ex-Schwiegersohn, um genau zu sein.

Was war das für eine Schlammschlacht gewesen.

Hans umschloss die Teetasse mit beiden Händen und trank ruckartig.

All diese Lügen und Vorwürfe. Seine Tochter war daran zerbrochen, hatte es irgendwann nicht mehr ertragen können, so gedemütigt zu werden. Nach drei

Selbstmordversuchen lebte Tanja jetzt zurückgezogen in einem Kibbuz in Israel.

Dabei war es anfänglich die große Liebe gewesen. Der erfolgreiche Schauspieler, der das Küken aus Mayen heiratete. Kennengelernt hatten sie sich auf einer Benefiz-Gala in Köln. Er das prominente Aushängeschild des Veranstalters, sie die frisch gebackene Journalistin, die die Chance ihres Lebens erhielt: Ein Exklusivinterview mit dem aufstrebenden Stern am Filmhimmel. Nach der Liebe auf den ersten Blick folgte die Traumhochzeit. Doch den siebten Himmel verdunkelten schon rasch dichte Wolken. Sein Schwiegersohn konnte nicht treu sein, ein Filou, der jede Gelegenheit wahrnahm, die sich ihm bot. Nach dem ersten heftigen Streit gelobte er Besserung, doch das war nur ein Lippenbekenntnis gewesen.

Hastig wischte Hans sich eine Träne von der Wange.

Zur Jagd hatte Hans ihn mitgenommen, hatte ihm gezeigt, warum er seine Pacht so sehr liebte. Ins Herz hatte er ihn geschlossen, ja, wie seinen eigenen Sohn hatte er ihn behandelt. Doch das alles hatte sein Schwiegersohn mit Füßen getreten. Er hatte gehofft, ihm nie wieder gegenüberstehen zu müssen.

Und dann erschien sein Ex-Schwiegersohn plötzlich in der Tür des Wohnwagens und verlangte mit einem schmierigen Grinsen im Gesicht das Winnetoukostüm.

Niemals hätte Hans sich das träumen lassen. Wer konnte schon ahnen, dass ein erfolgreicher Schauspieler bei so einem B-Movie mitwirken würde.

Dieses Grinsen!

Hans hätte am liebsten gleich zugeschlagen, ihn am Kragen gepackt und eigenhändig in der Mosel ertränkt. Nur mit Mühe hatte er sich beherrschen können.

Hans stellte seine Teetasse ab und blickte zur Winchester, die an der Wand lehnte. Die war mit Platzpatronen geladen. Sein Jagdgewehr dagegen nicht. Das hatte sich Conrad vorhin gegriffen und war hastig aus dem Wohnwagen verschwunden.

Hans wusste von dessen Problemen mit seinem Ex-Schwiegersohn, von dem Hass auf den Schauspielkollegen. Bei einer Sauftour vor zwei Tagen hatte Conrad sich ihm anvertraut. Hans hatte nicht mehr tun müssen, als eine Gelegenheit zu schaffen. Conrad hatte ihn nicht enttäuscht und zugegriffen.

Jetzt musste Hans nur noch abwarten.

Die Polizei würde kommen, die Staatsanwaltschaft Anklage erheben. Aber mehr als eine Nachlässigkeit würden sie ihm nicht anhängen können. Mit ein wenig Glück würde er nur eine Bewährungsstrafe erhalten.

Hans griff sich das Buch mit dem stolzen Indianer auf dem Cover. Mit goldenen Lettern stand *Karl May* darüber, darunter *Winnetous Tod*. Er schlug es auf und las zum wiederholten Male die Stelle, an der Winnetou in Old Shatterhands Armen starb.

Nur noch einige Minuten, dann würde diese Szene Wirklichkeit werden.

... 0

Die Uhr der Cochemer Kirche schlug Mitternacht.

Bea lag im Hotelbett und sah Winnetou dabei zu, wie

er sich seiner Kleidung entledigte. Blaue Flecken und zahlreiche Abschürfungen zierten seinen Körper. »Was sagt die Polizei?«

Er schlüpfte zu ihr unter das Laken. Auf dem Rücken ausgestreckt sah er zur Decke. Seine Haare rochen versengt. »Die Ermittlungen werden wohl Wochen dauern.« Er stöhnte auf und rieb sich die Augen. »Mann, ich bin so was von fertig.«

Bea streichelte seine Brust. »Magst du mir davon erzählen? Ich meine ... du musst nicht, es muss schrecklich gewesen sein. Aber ich würde gerne ... also, wenn es dir nichts ausmacht ...«

»Muss das sein? Ich bin todmüde.«

Sie kuschelte sich an ihn. »Bitte. Ich muss es doch wissen, ich bin doch ... verantwortlich.«

Er seufzte. »Okay, von mir aus. Aber nur die kurze Version.«

Sie nickte.

Er sah wieder zur Decke. »Es ging alles so schnell. Der Regisseur rief uns auf die Plätze. Plötzlich schrie Conrad im Gebüsch auf. Der hockte ja dort und sollte in der Szene auf mich schießen. Er brüllte irgendwas von einem Wespennest. Ich vermute, er ist darauf getreten. Der schlug um sich wie ein Berserker. Dann löste sich ein Schuss aus seinem Gewehr. Die Polizei sagte mir, er hätte aus Versehen ein echtes aus der Requisite mitgenommen. Oh Gott, wenn ich nur daran denke. Er hätte mich ...

»Denk nicht daran, erzähl weiter.«

»Du hast recht, ich sollte nicht ... also, die Kugel traf Freddy. Der hockte oben auf dem Felsen und staute den Bach an. Freddy fiel runter und hat sich dabei das Genick gebrochen, ich konnte es sogar hören. Es knackte wie ... wie ...«

»Ein Ast, auf den man tritt?«

»Ja, genau. Ich sprang zur Seite, zeitgleich kam das Wasser runter. Freddy hatte ein Seil in der Hand. Vermutlich wurde damit der Staudamm geöffnet. Und dann kamen die Steine. Die prasselten herab wie Hagelkörner bei einem Unwetter, nur dicker und schwerer. Freddy hatte wohl vergessen, sie aus dem Weg zu räumen. Einer von denen traf Old Shatterhand am Kopf. Der taumelte von der Brücke, stolperte und fiel diesem Schlosser in die Arme. Ich hörte ein lautes Zischen, das in ein ohrenbetäubendes Pfeifen überging. Die Regieassistentin, diese Anne, kreischte was von *Zigarre* und *Gas*, dann rumste es auch schon. Die Druckwelle schleuderte mich ins Bachbett, was mein Glück war. So rollte die Feuerwalze über mich hinweg, ohne dass ... ach Gott, was hab ich für ein Schwein gehabt. Als ich auftauchte, lagen alle um mich rum. Ich wollte helfen ... aber ... aber ... die Wipfel brannten, Funken fielen herab ... so stellt man sich die Hölle vor. Ich taumelte los, den kleinen Pfad entlang, bin runter zum Hans. Bei dem hatten wir doch die Handys abgelegt. Ich riss die Wohnwagentür auf, und ... und ... ach verdammt. Es ist doch unglaublich, dass eine Gasflasche so weit fliegen kann. Die ist doch glatt durch das Dach des Wohnwagens gefetzt und hat den Hans fast erschlagen. Du weißt es vielleicht, er war mein Schwiegervater, und wir verstanden uns nicht mehr so gut. Aber das hat er nun wirklich nicht verdient.« Er seufzte. »Gott sei Dank scheint er durchzukommen.«

Er schnappte sich den Whisky vom Nachttisch und trank direkt aus der Flasche. »Scheiße!«, spie er zwischendurch aus und schluckte drei Schlaftabletten. Kurz darauf schlief er ein. Die fast leere Flasche fiel zu Boden. Glucksend entleerte sich der Rest des Inhalts auf dem Flokati.

Bea streifte die Bettdecke zur Seite, griff sich die Zigaretten und das Handy von Nachttisch und schlüpfte hinaus auf den Balkon. Die milde Nachtluft umschmeichelte ihren Körper. Genüsslich zog sie den Rauch in ihre Lungen.

Was für ein Tag.

Besser hätte es nicht laufen können.

Sie hatte das richtige Gespür gehabt, hatte die Leute zusammengebracht, die man am besten meilenweit voneinander getrennt hätte. Ein brodelnder Hexenkessel, der irgendwann überkochen *musste*.

Sie blickte auf das Display und überflog die Mails. *Bild*, *Spiegel*, *Stern* und zahlreiche Regionalzeitungen. Weitere würden folgen, da war sie sich sicher.

Die Presse würde sich die nächsten Wochen um sie reißen. Und garantiert würde sich dann auch endlich ein finanzstarker Partner für den Film melden. Schluss mit Dortebachtal, mittelmäßigen Schauspielern und Kostümen, die man bestenfalls im Kölner Karneval gebrauchen konnte. Die Besten der Besten würden sich bei ihr die Klinke in die Hand geben und sie anbetteln, mitspielen zu dürfen.

Zufrieden legte sie ihr Handy auf dem Balkontisch ab und blickte ins Schlafzimmer.

Ihr Winnetou schnarchte leise vor sich hin.

Bea formte aus Daumen und Zeigefinger eine Pistole und zielte auf ihn. »Bang«, murmelte sie und pustete über ihre Fingerspitze. »Dich kriege ich auch noch.« Es ärgerte sie, dass er auf wundersame Weise davongekommen war. In dieser Hinsicht war ihr Plan nicht aufgegangen. Aber egal, sie würde schon einen anderen Weg finden.

Schließlich hatte sie es ihrer Freundin Tanja hoch und heilig versprochen, bevor die sich auf den Weg nach Israel gemacht hatte, um ihren Frieden im Kibbuz zu suchen.

Schöner Mist

VON ANDREA NEVEN

Alfred Pütz war nicht sonderlich beliebt im Ort. Die Nachbarn hatten die Nase voll von seinem heruntergekommenen und verwahrlosten Bauernhof, und sein dampfender Misthaufen war wirklich widerlich. Riesengroß und unübersehbar war er vor dem Bauernhaus aufgetürmt. Es gab aber noch eine andere Sache, die den anderen Dorfbewohnern gewaltig stank.

»Wenn der wieder querschießt, haben wir keine Chance. Die Konkurrenz ist in diesem Jahr sehr gut aufgestellt. Seht euch doch mal in den anderen Dörfern der Verbandsgemeinde Gerolstein um«, sagte Ortsbürgermeister Hans-Josef Kaulen mit einer ausladenden Handbewegung. Er trat noch etwas näher ans Mikrofon heran und schlug mit der Faust aufs Rednerpult. So fest, dass es drohte auseinanderzufallen.

»Wir sind zielstrebig, haben revolutionäre Ideen für die Zukunft und wollen etwas bewegen. Durch unser Handeln krempeln wir die gesamte Vulkaneifel um!

Diesmal werden wir die Auszeichnung *Unser Kaff ist taff* gewinnen! Koste es, was es wolle!«

Das Publikum im Dorfgemeinschaftssaal, das überwiegend aus älteren Herrschaften bestand, nickte zustimmend und applaudierte.

»Aber was ist mit Alfred Pütz?«, rief jemand aus der Runde. »Den kriegen wir nie auf unsere Seite. Der wird doch wieder die Bewertungskommission vergraulen. Vor zwei Jahren war der doch so dreist und hat Gülle in allen Straßen im Dorf verteilt, und das kurz bevor der Bus mit der Kommission ankam.«

»Genau!«, rief ein anderer. »Und dann wollte der uns allen weismachen, dass er gar nicht bemerkt hätte, dass das Fass undicht war. Von wegen undicht! Das war volle Absicht!«

Es wurden immer mehr Stimmen laut. Jetzt wollte jeder seinen Senf dazugeben.

»Der ist erst so stur und menschenfeindlich seit dem Tag, an dem seine Alte weggelaufen ist. Früher war der ganz anders«, erinnerte sich ein älterer Mann, dessen Kaiser-Wilhelm-Gedächtnis-Schnurrbart vor Entrüstung in die Höhe tanzte.

»Ja, ich weiß. Ich weiß auch, dass er mir die Schuld dafür gibt. Ich soll seine Margit damals verführt haben. Dabei hätte ich die noch nicht mal mit der Kneifzange angefasst. Die alte Schabracke!« Ortsbürgermeister Kaulen schüttelte sich angewidert.

»Und jetzt? Noch hält Alfred die Füße still.«

»Wenn alles planmäßig verläuft, trifft die Bewertungskommission morgen früh bei uns ein. Wir sind gut vorbereitet. Das Entwicklungskonzept steht,

Tische, Stühle und der gute alte Tageslichtprojektor sind aufgebaut, das Essen und die Getränke sind bestellt. Deko und sonstigen Klimbim haben wir in rauen Mengen«, fasste Kaulen freudestrahlend zusammen.

»Können wir den ekligen Mistkerl nicht irgendwo einsperren? Der darf uns nicht in die Quere kommen!«

»Nur keine Sorge, der Alfred wird rechtzeitig mundtot gemacht. Darauf könnt ihr Gift nehmen!« Der Ortsbürgermeister verlieh seinen Worten durch energisches Ballen der rechten Faust Ausdruck. Dabei zog er die Augenbrauen so weit zusammen, dass sich tiefe Furchen auf seiner Stirn bildeten.

»Guck dir das zornentbrannte Gesicht an. Da wird mir angst und bange«, wisperte eine alte Dame aus dem Publikum zu ihrem laut schnarchenden Ehemann. Dieser schenkte dem aufgebrachten Mann am Rednerpult erst Beachtung, als sie ihm mehrmals ihren spitzen Ellbogen und eine ihrer Stricknadeln in die Seite rammte. So hatte sie den Kaulen noch nie erlebt.

»Ach, lass den doch reden. Alles nur albernes Geschwätz. Wen interessiert denn schon eine blöde Auszeichnung mit dem total bescheuerten Namen? Darauf kann man sich nun wirklich nix einbilden. Unser feiner Herr Ortbürgermeister soll sich lieber mal um den Erhalt unserer Dorfkneipe kümmern«, brummte ihr Mann. Im Saal erhoben sich die ersten von ihren Sitzplätzen und steuerten den Ausgang an.

»Nur keine Panik. Wir lassen uns von nichts und niemandem die Tour vermasseln! Dieses Jahr holen wir uns den Pokal und die Siegesprämie!«, rief Kaulen noch schnell durchs Mikrofon, bevor ihm der Saft abgedreht wurde.

Alfred Pütz wollte dieses Jahr besonders große Geschütze auffahren. Darauf hatte er sich schon wochenlang gefreut und vorbereitet, und jetzt musste er sich nur noch wenige Stunden gedulden. Als er seinen in der Morgendämmerung vor sich hin dampfenden Misthaufen betrachtete, rieb er sich die Hände in freudiger Erregung. Der Mist befand sich nun nicht mehr auf seinem Grundstück, sondern auf dem hübsch herausgeputzten Brunnenplatz mitten im Dorf. Eigentlich ein idyllischer und ruhiger Platz zum Verweilen, der bei der Expertengruppe sicherlich Pluspunkte bringen würde. Aber nun mischte sich unter das beruhigende Zwitschern der Vöglein auch das nervige Summen der Schmeißfliegen, und es stank bestialisch.

Der Alte, der am Vortag noch schnarchend neben seiner verständnislosen Frau im Dorfgemeinschaftssaal gesessen hatte, und auch die Männer vom Kneipen-Stammtisch, die ebenso wie er für den Erhalt der Dorfkneipe plädiert hatten, waren ihm dabei eine große Hilfe gewesen. Die gestandenen Kerle waren sich einig, dass es wichtigere Dinge gab, als eine alberne Auszeichnung, die von einer Horde Schlipsträgern verliehen wurde.

»Ich will jar net wissen, wat dat janze Aufhübschen vom Dorf in den letzten Monaten jekostet hat«, stöhnte einer der Männer, während er sich auf seine Mistgabel stützte.

»Fakt ist, dass für uns und unsere Kneipe kein Cent von der Prämie abfallen wird«, behauptete ein anderer.

Die Männer versammelten sich zufrieden neben dem meterhohen, vor sich hin stinkenden Prachtexemplar und stießen mit ihren Stubbis an. Den ganzen Mist hatten sie in rekordverdächtiger Zeit auf dem Brunnenplatz zusammengetragen und aufgetürmt. Ganz still und heimlich in der Nacht. Aber so langsam brach die Morgendämmerung herein und es war an der Zeit, von dort zu verschwinden.

»Die Lackaffen kommen in ein paar Stunden. Bis dahin schafft es unser Bürgermeister mit seinem Gefolge unmöglich, den Misthaufen wegzuschaffen«, sagte einer der Männer mit einem schelmischen Grinsen.

»Mensch, da werden die Fachleute aber Augen machen. So was finden die garantiert in keinem anderen Dorf«, sagte Alfred voller Stolz. Er rieb sich seine schmutzigen Hände an seiner Latzhose ab, schnappte sich die Mistgabel und die leere Bierkiste und tuckerte mit seinem alten Trecker samt Anhänger nach Hause.

Auf dem Hof wurde er bereits erwartet. Ortbürgermeister Kaulen hatte schon eine ganze Weile hinter der Ecke des an das Wohnhaus grenzenden Schuppens auf Alfreds Heimkehr gelauert. Er schlug ihn ohne Vorwarnung mit einer Schaufel nieder. Alfred fasste sich benommen an den Kopf, versuchte, sich wieder aufzurappeln, doch das wusste Kaulen zu verhindern. Drei weitere feste Schläge sorgten endgültig für Ruhe. Kaulen fasste den leblosen Körper an beiden Armen und zog ihn zu seinem Geländewagen, den er ein paar Meter weiter hinter dem Schuppen geparkt hatte. Mit dem Jeep beförderte er die Leiche ins nahe gelegene Wäldchen und vergrub sie so, dass sie seiner Meinung nach eigentlich unmöglich jemals gefunden werden konnte. Nachdem das vollbracht war, fuhr er nach Hause, zog sich nach einer ausgiebigen Dusche seinen feinsten Anzug an und eilte in den Dorfgemeinschaftssaal. Dort warteten schon viele ungeduldige Dorfbewohner. Auch die strenge Bewertungskommission war bereits eingetroffen und war mit Schnäpsen versorgt worden.

»Bitte entschuldigen Sie die Verspätung. Ich musste einem hilfsbedürftigen Mitbürger noch schnell unter die Arme greifen.«

»Ihr Dorf ist nicht das Einzige, das heute auf unserem Programm steht. Wir haben also nicht ewig Zeit!«, sagte die einzige Frau der sechsköpfigen Expertengruppe. Sie musterte den piekfeinen Ortsbürgermeister mit erzürnter Miene. Mit so einem strengen Ton hatte Kaulen nicht gerechnet. Er blickte beschämt zu Boden und sparte sich jede weitere Ausrede.

Die darauffolgende Dorfbegehung sorgte bei den Experten wider Erwarten für viele begeisterte Ohs und Ahs. Das schienen sie von diesem unscheinbaren Örtchen nicht erwartet zu haben. Es lief gut!

Aber als sie schließlich die Gässchen und Sträßchen durchschritten hatten, geschah etwas, das bei sämtlichen Anwesenden für grenzenloses Erstaunen sorgte. Sie bogen um eine Hausecke, und vor ihnen breitete sich der Brunnenplatz aus.

»Was bitte ist das?«, fragten alle Kommissionsmitglieder beinahe gleichzeitig. Kaulen stand mit weit aufgerissenem Mund da und rieb sich fassungslos die Augen.

»Ihnen ist schon bewusst, dass Sie mit dieser offenen Art der Mistlagerung gegen die Düngeverordnung und das Wasserhaushaltsgesetz verstoßen, oder?«, fragte das weibliche Kommissionsmitglied unverändert schroff.

»Außerdem besteht die Gefahr der spontanen Selbstentzündung, die man niemals unterschätzen sollte. Und dann dieser Gestank! Was also, verehrter Herr Ortsbürgermeister, soll der ganze Mist?«, fragte ein anderer mit strengem Blick. In diesem Moment wäre Kaulen am liebsten im Erdboden versunken. Obwohl – eine spontane Selbstentzündung wäre ihm genauso recht gewesen.

»Ähm, ja, nein, eigentlich …«, stotterte Kaulen völlig überfordert. Was war hier los? Wie hatte Alfred Pütz es geschafft, diesen riesigen Misthaufen hierher zu bekommen?

Jetzt war alles aus, den Preis konnten sie sich abschminken.

Ein pfiffiger Dorfbewohner baute sich in diesem Moment selbstbewusst vor den Experten auf und erklärte: »Wie Sie bestimmt wissen, zählt Stallmist zu den wichtigsten Wirtschaftsdüngern tierischer Herkunft. Die momentane Art der Lagerung ist selbstverständlich nur eine Übergangslösung. Sobald die nigelnagelneue, hochmoderne Biogasanlage steht, weht hier wieder ein frischerer Wind.«

Bei dem Begriff Biogasanlage entspannten sich die ersten Gesichter der Gutachter.

»Ach, na klar … Biogasanlage, wie konnte ich das vergessen! Ja, und eigentlich sollte die Anlage schon längst in Betrieb sein. Leider gab es unvorhersehbare

Komplikationen«, stammelte Kaulen eifrig. Noch war alles zu retten!

»Aha, und wo soll diese Anlage errichtet werden?«

Jetzt galt es geschickt zu improvisieren. Kaulen schaute sich zuerst ratlos um, zeigte dann aber selbstsicher hinaus aufs weite Feld.

»Da hinten. Da, wo sie die Menschen und das schöne Landschaftsbild nicht stört.«

»Aha, das klingt doch gar nicht schlecht.« Eine weitere Runde Schnaps wurde gereicht. Das Lächeln der Kommissionsmitglieder wurde breiter.

Kaulen beschrieb jetzt mit dem ausgestreckten Finger den angeblichen Standort noch genauer. Die Experten nahmen die mitgebrachten Ferngläser zur Hand, und Kaulen redete sich in Schwung und schwärmte von den Vorzügen der zu errichtenden Anlage. Sie beäugten alles ganz genau und ließen keinen Winkel aus. Die Stimmung stieg. Euphorie lag plötzlich in der Luft. Das würde Punkte geben! Da hatte Alfred Pütz, dieser arme Irre, ihm im letzten Moment sogar noch einen Gefallen getan!

»Ja, die Idee ist wirklich gut, Respekt. Der Standort ist auch ideal gewählt«, merkte einer der Fachleute sichtlich begeistert an und hob das Schnapsglas.

Kaulen stieß fröhlich mit an. Er hatte sie überzeugt! Sie hatten freudig gerötete Bäckchen und ließen keinen Zweifel daran, dass sie dieses *Kaff* durchaus *taff* fanden.

Die Frau mit dem grimmigen Tonfall war die Einzige, die sich unterdessen zum Brunnenplatz umgewandt hatte und nun irritiert auf eine ganz bestimmte Stelle des Misthaufens starrte. Irritiert registrierte Kaulen ihre tonlos vor sich hin brabbelnden Lippen. Er folgte ihrem Blick hoch hinauf zur Spitze des gewaltigen Bergs von Unrat, und ihm entfuhr ein leiser Laut des Erschreckens. Jetzt wandten sich auch die anderen zu dem Misthaufen um.

Die Bewertungskommission des Dorfwettbewerbs, der seit 1957 zweijährlich in der Eifel ausgetragen wird, hatte in all den Jahren schon allerhand Scheußliches zu sehen bekommen. Bunte Dachziegel, pfeifende Gartenzwerge, toskanische Säulen, bayrische Ziergiebel … aber das, was dort oben thronte, war unbestreitbar das bisher Schrecklichste.

Dieser unvergessliche Anblick war den starken Männern vom Stammtisch zu verdanken. Einer der Männer hatte den brutalen Mord an Alfred Pütz ganz zufällig beobachtet. Der besagte Mann war Kaulen bis ins Wäldchen gefolgt und hatte sofort seine Kameraden alarmiert. Mit vereinten Kräften hatten sie Alfred Pütz ausgegraben und zum Brunnenplatz transportiert.

Dort oben lag er nun, mit Erde verkrustet, die Augen tot und starr auf die vor dem Mist versammelten Menschen gerichtet. So, wie er den Mund verzogen hatte, schien er Kaulen fast hämisch anzugrinsen.

Die Kommission des Wettbewerbs *Unser Kaff ist taff* setzte nie wieder ihren Fuß in das Dorf. Und ab und zu schickten die Männer vom Stammtisch ihrem ehemaligen Bürgermeister eine Postkarte ins Gefängnis, auf der sie ihm davon vorschwärmten, wie schön ruhig es im Dorf war, und wie viel Spaß sie in der Dorfkneipe hatten, die man unterdessen mit viel Engagement und Energie renoviert hatte.

Punks Not Dead

VON INGRID KALTENEGGER

In diesem Moment siegt der Regen über die Jacke und frisst sich durch mein T-Shirt bis auf die Haut. Ich kann mich nicht erinnern, schon mal derartige Massen an Frischluft eingeatmet zu haben.

Alle haben gedacht, wenn sich die Propheten eines Tages auflösen, dann wegen mir. Leberzirrhose, Herzinfarkt oder Lungenkrebs. Dass Lefti schlappmachen könnte, der einzige von uns, der im Stehen noch seinen Schwanz sehen kann, hätte keiner für möglich gehalten.

Er weint vor Angst, zittert so, dass er die Drumsticks nicht halten kann, sagt Konzerte ab. Mats musste ihm Psychopharmaka besorgen, die sich mit Bier vertragen.

Wenn ich von einem Fuß auf den anderen trete, hinterlässt das schlammige Löcher im Boden, die sich einen Augenblick später im Matsch auflösen. Ob sie bei dem Wetter überhaupt läuft? Nicht, wenn sie letzte Woche bei Tchibo einen Hometrainer gekauft hat oder einfach doch nicht so beinhart ist, wie Lefti sagt. Sie muss hart sein, in ihrem Job, sagt er. Verstehst du, er nimmt sie noch in Schutz.

Wäre Lefti in Tibet geboren, oder sagen wir in Bayern, er wäre wahrscheinlich Mönch geworden, so friedfertig ist er. Aber Lefti ist in Daun geboren und Punk geworden. Wir spielen seit über dreißig Jahren in derselben Band. Okay, die Propheten sind nicht die *Toten Hosen*, aber ohne die Propheten gäbe es die *Toten Hosen* vielleicht nicht.

Das sag nicht ich, das stand im *Spex*. »Die Punk-Propheten aus der Eifel sind die vielleicht einflussreichste Punkrockband Deutschlands.« Einflussreich. Das bedeutet, man kann nicht davon leben.

Nicht, wenn man Kinder hat. Du kannst Kinder nicht in besetzten Häusern großziehen, sagt Lefti, da spielen die Kinder heute nicht mehr mit. Die wollen sich auch nicht aus der Altkleidersammlung einkleiden lassen. Sie kriegen dich konform, sie machen Establishment aus dir. Die Kinder, die Häuser, die Jobs.

Mats ist Psychologe geworden, Pietschi Musiklehrer und Lefti Telefonberater bei der Versicherung. Das heißt, seit seine Versicherung beschlossen hat, Leute einzusparen und dafür extra Frau Blum eingestellt hat, ist Lefti nur noch zu 50 Prozent Telefonberater und zu 50 Prozent Wrack.

In der Zeit soll er sich um den Schriftverkehr kümmern, aber Lefti hat es nicht so mit dem Schriftverkehr. Er ist umerzogener Linkshänder, was ihn nicht nur zu einem wahnsinnigen Schlagzeuger macht, sondern auch zu einem wahnsinnigen Legastheniker.

Wenn du jetzt sagst, na und, wenn Lefti Schwierigkeiten mit dem Schreiben hat, dann gibt es vielleicht auch einen, der Schwierigkeiten mit dem Telefonieren hat und diese beiden ergänzen sich dann hervorragend, dann bist du genau so naiv wie Lefti. Die Blum hat ihm das erklärt, unter vier Augen. Es geht ihr nicht darum, dass die Arbeit erledigt wird. Es geht ihr darum, Lefti abzuservieren.

Als Mobbingopfer hast du eine Chance von 0,05 Prozent, sagt Mats. Das heißt im Klartext, wenn du gemobbt wirst, kannst du dich anstrengen und autogenes Training lernen und einen Psychologen einschalten und den Betriebsrat, am Ende verlierst du. Du kündigst.

Es sei denn, du kannst der Blum was nachweisen. Das sind die 0,05 Prozent, die, die dumm genug sind, sich etwas nachweisen zu lassen. Die Blum gehört nicht dazu. Sie hat studiert, war auf Führungsseminaren, sie hat an die 1000 Kontakte auf Xing, sie hält sich mit Crosstraining fit, am Wochenende. Jede Station ist ein Sprungbrett für die nächste und dabei geht es für sie immer nur bergauf.

Intern heißt es, sie hätte eine Vorgabe von 30, 40 Kündigungen in Leftis Abteilung, billigen Kündigungen. Das kann keiner aufhalten, das ist ein fahrender Zug. Aber die Blum hat sich in den Kopf gesetzt, ausgerechnet den Lefti zu überfahren.

Mats hat da eine interessante Geschichte. Angenommen, du siehst, wie ein Zug in eine Gruppe rast und du könntest eine Weiche umlegen, sodass der Zug auf einem anderen Gleis nur eine Person überfährt, was machst du? Genau. Du entscheidest dich gegen den einzelnen für das Wohl der Menge.

Aber jetzt kommt's, eine kleine Änderung in der Geschichte: Jetzt ist die einzelne Person jemand, den du kennst, sagen wir dein Kind, deine Freundin oder eben dein Schlagzeuger. Und schon scherst du dich einen Scheiß um die Fremden auf dem anderen Gleis, oder?

Die haben auch Häuser gekauft und zahlen die nächsten 150 Jahre am Kredit und kriegen einen Nervenzusammenbruch. Nur, wenn Lefti sich mit Burn-out krankschreiben lässt, kann er nicht mehr mit uns auftreten. Wenn er es doch tut, freut sich die Blum. Dann kündigt sie ihn fristlos.

Ihre Stirnlampe blitzt durch die Bäume. Schritte knirschen auf den nassen Steinchen. *Bitte ein Bit.* Sie biegt von der breiteren Straße ab. *Oder wenigstens ne Kippe.* Ich hab nichts dabei, hab beides zu Hause gelassen, damit ich's nicht aus Gewohnheit in den Wald werfe und hinterher noch irgendwer einen Zusammenhang herstellt.

Sie keucht nicht übermäßig, während sie bei jedem Schritt in den rutschigen Boden der Wolfsschlucht sinkt. Es wirkt sich eben aus auf die Kondition, jeden Samstag bei Wind und Wetter 15 Kilometer durch den Wald zu rennen. Und es ist doch beruhigend, dass auf die Disziplin der Leistungsträger unserer Gesellschaft Verlass ist.

Im Tattoostudio *World Of Pain* waren sie aber auch nicht untätig in den letzten Jahren. Für die Blum muss es ein irrsinniger Schreck sein, als ich in ihrem Lichtkegel auftauche. In dieser Hinsicht, kann man sagen, hilft mir mein Aussehen weiter.

Sie macht einen Satz, schon in die richtige Richtung, zum Abgrund hin. Sie zieht einen Stöpsel aus ihrem Ohr, als hätte ich sie etwas gefragt. Ich könnte fragen, was sie hört. Rihanna? Oder Ellie Goulding, eventuell Helene Fischer, auf jeden Fall etwas Passendes für ihren letzten Moment.

Man kann nicht behaupten, dass sie freiwillig ins Wasser geht. Sie klammert, wie die aufdringlichen Fans, die auf die Bühne klettern und einfach nicht wieder hinunter wollen. Ich lächle immer, wenn ich sie dann doch hinunterschubse. Sie sollen schließlich weiter unsere Platten kaufen. Ich kann so nett lächeln.

Sie begreift nicht, wer ich bin. Das seh ich in ihren Augen, als ihre Finger auf dem glatten Geländer den Halt verlieren und sie fällt. Und ich kann es ihr nicht mehr sagen, weil sie so unglücklich auf den Felsen aufkommt. Richtig abgeknickt liegt sie in der Schlucht und bewegt sich nicht. Nur der Bach wackelt mit ihrem Kopf.

Ich bin der letzte Prophet, Frau Blum. Ich hab keine Familie, kein Haus, nicht mal einen Job, abgesehen vom Propheten-Merchandising. Nimmst du mir die Band, nimmst du mir mein Leben. Das kann ich nicht zulassen. Die Ausläufer des Tattoos an meinem Hals, das Sie so erschreckt hat, führen zu etwas viel Größerem, das auf meinem Rücken wächst. Je fetter ich werde, umso fetter wird die Schrift. PUNKS NOT DEAD, steht da, Frau Blum. Das konnten Sie natürlich nicht wissen. Keiner kann alles wissen.

Ich glaube, es ist Zeit, diese Botschaft auf T-Shirts drucken zu lassen zum 35-Jahr-Jubiläum der Propheten. Demnächst, für 13 Euro 50 im Online-Shop.

Der Eisheilige

VON MARTINA KEMPFF

Wenn ich aus eigener Kraft hier lebendig heraus-komme, werde ich keiner Menschenseele je von diesen Stunden in Panik und Dunkelheit erzählen. Niemand darf erfahren, wie ich mich durch Torheit selbst in diese bedrohliche Lage gebracht habe. Mein Ruf wäre ruiniert. Schließlich lasse ich mir normalerweise nichts vormachen, schon gar nicht von einem Mann. Mit Mitte fünfzig bin ich eine gestandene Frau. Derzeit allerdings eher eine gestrandete.

Was nur ist aus der weltgewandten Ex-Moderedakteurin geworden, die es vor Jahren aus Berlin in den winzigen Grenzort Kehr verschlagen hat? Die in ihrem Restaurant *Einkehr* mit ungewöhnlichen Kreationen die Eifeler Gastronomie aufgemischt und nebenbei immer wieder zur Aufklärung von Mordfällen beigetragen hat? Mit Umsicht, Intuition und Menschenkenntnis. All das hat mich jetzt gnadenlos im Stich gelassen.

Ach, hätte ich mich doch nur an eine weise Bauernregel gehalten und meine Zitrusbäumchen vor den Eisheiligen im Haus gelassen. Dann wäre das Schicksal an meinem Restaurant vorbeigefahren. Ich würde jetzt nicht vergeblich an der Tür meines Kellerverlieses rütteln und mich fragen, an welchem Punkt mich die guten Geister eigentlich verlassen haben.

Wahrscheinlich vorgestern Nachmittag, als ich die beiden schweren Pflanzenkübel aus der Gaststube hinaus und auf den Treppenabsatz vor die offene Tür der *Einkehr* geschoben habe. Wie nur sollte ich die Bäumchen die drei Stufen hinunterwuchten? Mit meinem Kreuz steht es nicht zum Besten – was vermutlich auch an dem Doppelzentner liegt, den es mit mir herumzuschleppen hat. Ich blickte mich Hilfe suchend um, aber kein rüstiger Nachbar war in Sichtweite und mein urlaubsreifes Personal verreist.

Ein kleines Stimmchen in mir raunte: Vorsicht, die raue Westeifel schüttelt frühestens dann den letzten Reif von den Hängen, wenn die Eisheiligen durchgezogen sind. Schiebe also die Kübel auf ihren rollenden Untersätzen wieder in den warmen Gastraum zurück!

Doch das schrille Kreischen nordostwärts ziehender Vogelschwärme übertönte meine innere Stimme – sowie das Geräusch eines herannahenden Wagens und einer aufklappenden Autotür.

»Hallo?«

Erschrocken blickte ich auf einen attraktiven Herrn meines Alters, der vor dem Restaurant am Straßenrand einem silbergrauen Boxster entstieg. Ein Sean Connery, der keinen Synchronsprecher brauchte.

»Ist das hier schon Belgien?«

Wie in Trance schüttelte ich den Kopf.

James Bond wusste immer, wo er war. Außerdem fuhr der keinen Porsche mit Hamburger Kennzeichen.

»Ja und nein«, antwortete ich dem Double des Mannes, dem ich rein optisch erst in seinen besten Jahren, also in seinen späten, etwas abgewinnen konnte. »Sie stehen genau auf der Grenze.«

Ich schritt die Stufen hinunter. Mit einem filmreifen Satz sprang der Mann über die Straße.

»Dann bin ich jetzt in Belgien, und Sie sind in Deutschland?«, rief er herüber.

»Stimmt, in Nordrhein-Westfalen.« Mit dem Daumen deutete ich hinter mich. »Ein paar Schritte weiter und schwupps, schon sind Sie in Rheinland-Pfalz.«

Er kehrte nach Deutschland zurück und ließ seinen Blick über Felder, Wälder, Windräder, die Kapelle, das moderne belgische Autohaus, die Hecke des Friedhofs und meine Rundungen schweifen. Dann bemerkte er leise: »Wahrlich international.«

Sieben Silben. Aber die machten mich schon fast besoffen. Wenn Islay-Whisky sprechen könnte, hätte er ein solches Timbre; dunkel mit exotisch scharfer Kante und verheißungsvoll vibrierend. Davon wollte ich mehr.

Dabei bin ich sonst keine Frau, die schnell dem Charme eines Mannes erliegt. Ganz im Gegenteil. In meinem alten Berliner Leben hatte ich jahrzehntelang einen festen verheirateten Freund, und hier in der Eifel ist mir Marcel Langer *begegnet*. Ein zutreffendes Wort, da wir abwechselnd Gegner und Partner zu sein scheinen. Das ist seinem Beruf geschuldet – er ist belgischer

Polizeiinspektor – und den oftmals mörderischen Umständen, die dieses beschauliche und *wahrlich internationale* Eifelnest immer wieder in die Schlagzeilen bringen.

Derzeit liegt wieder mal ein Schatten über unserer Beziehung. Ich habe Marcel seit Wochen nicht gesehen. Daran bin ich gewöhnt. Ich brauche weder regelmäßigen Sex noch anderweitige Bestätigung meiner Weiblichkeit.

Weshalb also hat mich dieser 007-Verschnitt schon beim ersten Blick aus den Schuhen gehauen? Vielleicht sollte ich mir doch eingestehen, dass ich mich einsam und verlassen gefühlt habe. In der vergangenen Woche habe ich schließlich nur mit meinem Labrador-Staffordshireterrier Linus gesprochen. Der nach den betörend gemurmelten sieben Silben hinter den Zitronenbäumchen laut aufzuheulen begann.

»Lassen Sie den armen Hund doch raus«, meinte der Fremde.

»Dafür müssten Sie die Barrikade nach unten befördern …«, gab ich zurück und erschrak im selben Moment vor meiner Koketterie.

»Kein Problem.«

Klar, James Bond hat Muskeln und einen stabilen Rücken. Im Nullakommanix flankierten meine Zitrusbäumchen die kleine Treppe. Linus flitzte herunter.

Normalerweise erstarren Fremde vor dem schwarzen Ungeheuer mit den Kampfhundgenen. Nicht so der Porsche fahrende Pflanzenträger aus Hamburg.

»Schönes Tier«, log er, kraulte Linus unbekümmert den Nacken und ließ sich auf einem der beiden frisch geputzten Metallstühlchen neben einem Zitronen-bäumchen nieder. Er deutete auf das Schild über der *Einkehr*. »Ein Restaurant, wie schön. Darf ich einen Tee bestellen?«

»Wir haben eigentlich geschlossen«, entgegnete ich. »Betriebsferien. Aber ich mache Ihnen trotzdem gern einen Tee.«

»Mit Zitronensaft aus eigenem Anbau?«, fragte er, was ihn als britischen Agenten disqualifizierte, und berührte eine zarte Frucht.

»Vielleicht erfrieren die noch«, sage ich. »Die Eisheiligen stehen vor der Tür, Pankratius, Servatius und die Kalte Sophie.«

»Die tun ihnen nichts«, versicherte er. »Dafür stehe ich mit meinem guten Namen ein.« Er erhob sich und deutete eine Verbeugung an. »Peter Pankratz, Patron der Pflanzen und Blüten.«

»Hab' ich ein Glück«, sagte ich. »Der heilige Pankratius ist eine Woche zu früh dran. Umso besser.«

Er griff nach meiner Hand. Die Berührung elektrisierte mich. Rasch zog ich meine Finger wieder an mich.

»Kann ich Ihnen ein Omelette machen? Oder was anderes? Sie haben bestimmt Hunger.«

Er strahlte mich an.

»Ich wage es kaum zu fragen …«

»Was?«

»Ein Omelette mit Speck, Zwiebeln, Apfelstückchen, Ingwer und Ahornsirup – davon träume ich …«

Mein Albtraum fing also mit einem Mahl ganz nach meinem Geschmack an.

Um es kurz zu machen: Der sogenannte Dr. Peter Pankratz, angeblich Gartenbauarchitekt aus Hamburg, wickelte mich nach Strich und Faden ein. Ich war beglückt, mich mit einem gebildeten, humorvollen und interessanten Mann zu unterhalten, der obendrein noch hinreißend aussah. Er rezitierte Gedichte, erzählte von einer Reise nach Island – eigentlich eine Reise in sein eigenes Inneres – und machte mir intelligent versteckte Komplimente. Als er mir dann noch gestand, eigentlich ziellos durch die Gegend zu gondeln, bot ich ihm nach einem schnell hingezauberten Drei-Gänge-Menü und zwei Flaschen Wein das Bett im Hinterzimmer meines Restaurants zur Erholung und Übernachtung an.

Ich spielte die Unnahbare, als er mich küssen wollte. Mit meiner Gewichtsklasse geht eine Scheu einher, sich schnell von dem Stoff zu trennen, der den Körper zusammenhält.

Andererseits sollte man in unserem Alter Zeit nicht ungenutzt verstreichen und einen spannenden Mann nicht am ausgestreckten Arm verhungern lassen. Also tischte ich meinem hereingeschneiten Eisheiligen am nächsten Morgen ein fulminantes Frühstück auf. Ich bedankte mich bei ihm für die anhaltende milde Witterung. Dabei hatte er, wie ich jetzt weiß, nur heiße Luft abgesondert. Aber wieso hätte ich ihm seine Lebensgeschichte nicht glauben sollen? Als Kleinkind verwaist, aus eigener Kraft ganz nach oben gekommen, jüngst verwitwet und jetzt in einen erbitterten Erbschaftsstreit mit den Brüdern seiner Frau verwickelt.

»Ich wollte nur noch weg«, sagte er auf unserem spontanen Tagesausflug durch die belgische Eifel in

meinem Wagen. »Jetzt merke ich, wie die Heilung ein-
setzt. Du tust mir unendlich gut, Katja. Darf ich bitte
noch eine Nacht bleiben?«

Am Ende des Abends bedrängte er mich nicht. Er
deutete nur einen keuschen Gutenachtkuss an und zog
sich in seine Kammer zurück. Da hatte er mich am
Haken. Meine Hormone spielten verrückt, ein Not-
stand, dem ich aber ebenso wenig aktiv begegnen wollte wie meinem einsamen Bett auf der anderen Straßenseite. Denn eines stand fest: So friedlich wie mein Hund
vor der Hinterzimmertür würde ich nicht einschlafen
können.

Also tat ich, was meine Freundin und Mitarbeiterin
Gudrun in männerverstörenden Zeiten zu tun pflegt:
Ich begann damit, die Küchenschränke in der *Einkehr*
zu putzen und stellte das nächtliche *Talkradio* im WDR
an.

Eine fünfzigjährige Frau schluchzte ins Telefon: »*Es
ist ja nicht so, dass er nur mein Bankkonto leer geräumt hat.
Er hat mir auch das Herz gestohlen. Und mein Auto.*«

»*Was für ein Wagen?*«, fragte der Moderator Domian,
der sich immer auch für Fahrzeuge interessiert.

»*Ein silbergrauer Boxster …*«

»*Sean Connery in einem silbergrauen Porsche mit Hamburger Kennzeichen. Der wird bestimmt nicht weit kommen …*«

»Aber doch weit genug«, sprach eine sonore Stimme
hinter mir.

Er war schneller bei der Bratpfanne als ich.

Ich spürte den Schlag. Dann wurde es dunkel.

Wenig später kam ich wieder zu mir. Es war stockfinster. Ich tastete umher und stieß gegen Regale. Der

scheinheilige Eisheilige hat mich also einfach die Treppe hinunter in meinen winzigen Weinkeller gestoßen.

Der Kopf dröhnt mir immer noch. Das Licht lässt sich nur von außen anknipsen. Verzweifelt rüttele ich an der viel zu massiven Tür. Der Versuch, das Schloss mit den Scherben einer Weinflasche aufzubrechen, scheitert kläglich.

Über mir höre ich Linus laut bellen. Er ist wohl im Hinterzimmer eingesperrt. Mir klappern die Zähne. Vor Angst und vor Kälte. Gegen beides kämpfe ich mit meinem Weinvorrat an. *Ist Sankt Pankratius schön, wird guten Wein man sehn.*

Plötzlich geht das Licht an.

»Hilfe, Hilfe!«

Die Tür öffnet sich.

»Katja? Alles in Ordnung?«

Nie bin ich glücklicher gewesen, Marcels Stimme zu hören, nie so froh, ihn zu sehen, nie dankbarer, dass er keine Fragen stellt.

»Ein Mann mit einem Porsche …«, fange ich an, als er mir die Treppe hinaufhilft. »Er sieht aus wie James Bond.«

»Silbergrauer Boxster?«

Mir bleibt der Mund offenstehen. Ich nicke verblüfft.

»Genau«, sagte Marcel. »Den haben wir heute in aller Herrgottsfrüh geschnappt. Ist mit hundertfünfzig durch Manderfeld gebrettert. Auto gestohlen, falsche Papiere …«

»Alles an dem ist falsch«, keuche ich. »Aber wenigstens hat er euch gesagt, dass er mich eingesperrt hat.«

»Hat er nicht.«

»Wieso bist du dann hier?«

»Ich wollte dich wiedersehen.«

»Warum?«

»Muss ich das begründen?« Er sieht mich traurig an. »Als ich Linus so laut bellen hörte, wusste ich direkt, dass da was nicht stimmt.«

Wir sind oben angekommen. Umständlich schließt er die Kellertür und versetzt Linus einen Klaps. »Mensch, Katja, wie konntest du diesen 0815 nur für 007 halten? Wo ist deine Menschenkenntnis geblieben?« Er schüttelt den Kopf. »Eine erfahrene, kluge Frau! Fällt auf einen notorischen Heiratsschwindler rein.«

Er zieht meine wattierte Jacke vom Haken und öffnet die Restauranttür.

»Du brauchst frische Luft.«

Starr vor Staunen bleibe ich stehen. Die Landschaft vor uns ist tief verschneit.

»Deine Bäumchen sind erfroren, Katja. Du hättest sie nicht vor Pankratius rausstellen dürfen!«

Ich senke das Haupt.

Er hat ja so recht.

Der Mensch ist dem Menschen ein Wolf

VON MONI UND SIMON REINSCH

Heute erschieß ich ihn. Heute wirklich. Er hat mich dazu gebracht. Er hat mir das angetan. All das verdanke ich nur ihm. Jetzt ist es genug. Den hol ich mir.

»Dominik, bist du ganz sicher, dass das hier der richtige Weg ist?«

»Aber sicher, Anna-Lena, vertrau mir einfach. Kein Problem, ich weiß genau, wo wir hin müssen.«

»Aber ich habe schon ewig keine Schilder mehr von diesem Wanderweg gesehen.«

»Ich war hier schon mal, und ich weiß, dass wir genau da hinkommen, wo ich hin will.«

»Willst du denn überhaupt da hin, wo ich auch hin will?«

»Mein Schatz, wo du hin gehst, da will auch ich hingehen«, sagte Dominik scherzhaft.

Anna-Lena blieb stehen und rieb sich die Wade. »Ich bin müde. Und ich habe langsam keine Lust mehr.«

Dominik blieb geduldig stehen und knetete Anna-Lenas Schultern. »Lass dich überraschen, ich habe ein wirklich schönes Ziel unserer Wanderung herausgesucht.«

Anna-Lena unterbrach ihn. »Sieh mal da vorne, da bewegt sich was im Unterholz.«

»Das wird ein Vogel sein«, hauchte Dominik ihr in den Nacken.

Anna-Lena war stehen geblieben und starrte auf das Unterholz, das dicht belaubt und saftig grün war. »Und wenn es ein Reh ist?«

»Dann hat es mehr Angst vor uns als wir vor ihm. Lass uns einfach weitergehen«, empfahl der junge Mann.

»Ich möchte jetzt aber wissen, was da ist.«

Dominik hielt ihre Hand und versuchte, sie sanft weiterzuziehen, aber Anna-Lena blieb stur stehen. Jetzt sah auch er, dass sich etwas im Unterholz bewegte. Es hatte die Größe eines Hundes.

»Wahrscheinlich ist es ein Fuchs. Die verlieren immer mehr die Angst vor den Menschen, aber sie tun uns nichts.« Er war der Sohn eines Jägers.

Anna-Lena war hin- und hergerissen zwischen Faszination und Angst. »Für einen Fuchs wäre der aber ganz schön groß.«

Dominik gab ihr innerlich Recht, umso mehr zog es ihn weiter. Es war nicht mehr weit bis zum Schloss Weilerbach, wo er mit Anna-Lena endlich etwas trinken und essen wollte. Sie waren schon früh am Vormittag aufgebrochen und hatten nicht genug Verpflegung für eine lange Wanderung mitgenommen. Sein Magen grummelte schon länger, es war Zeit, etwas zu essen. Von Schloss Weilerbach aus würde er seinen Bruder anrufen. Der würde sie sicher gerne mit dem Auto abholen. Er freute sich immer, mit seinem neuen Auto durch die Gegend fahren zu können.

»Dominik«, schrie Anna-Lena auf, und er wandte seinen Blick dorthin, wo ihr ausgestreckter Arm hinwies. Ein ausgewachsener Wolf streckte den Kopf aus dem Gestrüpp und starrte sie an. Anna-Lena wollte schreien, aber Dominik hielt ihr beherzt den Mund zu.

»Hast du nicht gelesen, was in der Zeitung stand?«, zischte er in ihr Ohr. »Wölfe haben mehr Angst vor uns als wir vor ihnen. Ruhe bewahren, möglichst still sein und sich groß machen. Dann sieht er, dass wir keine Bedrohung für ihn sind, aber auch keine Angst vor ihm haben, und dann schleicht er sich wieder.«

Anna-Lena zappelte wild herum. Dominik versuchte, auch ihre Arme einzufangen, was nicht einfach war, ohne ihren Mund dabei freizugeben.

»Psst, schweig jetzt«, zischte er ihr ins Ohr.

»Aber das ist ein echter Wolf«, schluchzte sie leise.

»Ja, so sieht es aus.«

»Hat dein Vater schon mal auf Wölfe geschossen?«

Dominik schüttelte den Kopf. Im Wesentlichen schoss sein Vater Wildschweine. Wölfe kamen in Rheinland-Pfalz noch nicht lange vor und in der Eifel war bisher überhaupt noch kein Wolf gesehen worden.

Anna-Lena presste sich angstvoll an ihn und flehte ihn an, sie ganz schnell wegzubringen.

»Der Wolf wird wieder gehen«, hoffte Dominik, schob sich langsam vor sie und reckte sich so weit auf wie möglich. Sein braun gebrannter Körper war vom Fitnessstudio und vom vielen Sport gestählt, sodass er ziemlich groß, breit und eindrucksvoll aussah, wenigstens für eine junge Frau. Aber ob das den Wolf beeindrucken würde, wusste Dominik auch nicht.

Ganz langsam zog das Tier sich zurück.

Dominik drehte sich zu Anna-Lena um, die schluchzend an seine Brust sank. Sie wollte nur schnell weg, und Dominik ging zügigen Schrittes über den schmalen Pfad voran, ohne in einen Laufschritt zu verfallen. Sie folgte ihm deutlich schneller als zuvor, bis der Weg wieder breiter wurde und Dominik seinen Arm schützend um ihre Schultern legen konnte, während sie eilig weitergingen.

Dominik sollte recht behalten. Es waren wirklich nur noch wenige Minuten. Vor ihnen ragte die barocke Kulisse von Schloss Weilerbach aus dem idyllischen Tal auf. Sie liefen an der Info-Tafel vorbei direkt auf das Gelände, ignorierten den Weiher und das rosa-weiß gestrichene Haupthaus linker Hand und wandten sich dem ersten Haus zu ihrer Rechten zu. Die Remise wurde offenbar als Bistro genutzt.

»Lass uns hier draußen in der Sonne sitzen und verschnaufen«, schlug Dominik vor, aber Anna-Lena wollte in den Schutz des Hauses. So sehr er auch versuchte, ihr zu erklären, dass Wölfe nicht freiwillig die Nähe zu Menschen suchen, ließ sie sich nur schwer beruhigen.

Aufgeregt erzählte sie der Betreiberin des Bistros, dass sie im Wald einen Wolf gesehen hatten. Die Frau war erstaunt. Auch sie hatte bislang nichts von Wölfen in der Eifel gehört. Anna-Lena erzählte, dass Dominiks Vater Jäger sei, und Dominik versprach, ihn sofort zu informieren. Er griff nach seinem Handy, mit dem er aber keinen Empfang hatte. Die Wirtin bot ihm an, das Festnetztelefon zu nutzen, aber er lehnte dankend ab, weil er wusste, dass sein Vater ebenfalls im Wald war und vermutlich ebenso wenig Empfang hatte.

»Aber nicht, dass dein Vater jetzt diesen süßen Wolf schießt«, sagte Anna-Lena eindringlich, und Dominik, der sich gerade einen Löffel Suppe in den Mund schieben wollte, hielt mitten in der Bewegung inne. Er glaubte, sich verhört zu haben.

»Hattest du nicht eben noch panische Angst vor dem Wolf?«

Anna-Lena war hin- und hergerissen. Einerseits hatte sie sich vor dem Wolf gefürchtet, aber andererseits hatte er ja möglicherweise Junge und durfte auf keinen Fall geschossen werden. Dominik wunderte sich wieder einmal über weibliche Logik und aß schweigend seine Suppe. Er bestellte ein weiteres Bier, während Anna-Lena nur lustlos an ihrem Latte macchiato nippte und in ihrem Stück Käsekuchen stocherte.

»Waren Sie schon einmal auf Schloss Weilerbach?«, fragte die mütterliche Wirtin, sichtlich bemüht, Anna-Lena von ihrem Schrecken abzulenken. Diese schüttelte den Kopf und ließ eher uninteressiert über sich ergehen, dass die Wirtin ihr und Dominik die Ofenplatten zeigte, die im Bistro ausgestellt waren.

»Ganz interessant ist auch der Raum hier drüber«, erklärte die Frau, bedauerte aber, dass sie keinen Schlüssel dafür habe. »Der wird als Standesamt genutzt. Man kann Schloss Weilerbach nämlich auch für Hochzeiten mieten.«

Sofort schien es, als habe man bei Anna-Lena einen Schalter in ihr umgelegt. »Oh Dominik, hast du mich etwa deswegen hierher gebracht? Du hast das doch sicher gewusst! Wie süß, du willst mich also wirklich heiraten?« Ihre vorherige Angst war wie weggeblasen. Sie ließ sich noch ein wenig von der Bistrobesitzerin erzählen, wie zauberhaft die Hochzeitsfeiern auf Schloss Weilerbach seien, genoss plötzlich ihren Kuchen und suchte sichtlich Dominiks Nähe, dem unterdessen der Appetit auf seine Suppe vergangen war.

Dominik brauchte jetzt Bewegung. Darum schlug er vor, statt durch den Wald an der Straße entlang nach Bollendorf zu seinem Auto zu laufen, was ungefährlich sein müsste, weil sich der Wolf keinesfalls an die Straße wagen würde. Aber Anna-Lena hatte es mit einem Mal gar nicht mehr eilig, wegzukommen. Sie ließ sich den Weg zum Barockgarten erklären, bummelte mit Dominik durch die terrassenförmig angelegten Gärten zwischen Springbrunnen und Wasserläufen hindurch und schwärmte, wie schön es sein müsse, in einem solchen Ambiente zu heiraten. Dabei betonte sie immer wieder, wie süß es doch sei, dass Dominik mit ihr extra hierher gewandert sei und dass das der schönste Heiratsantrag sei, den sie sich vorstellen könne. Sie dachte schon laut darüber nach, wie sie die Sitzgruppen arrangieren würde, und war bereits mitten in der Planung einer großen Hochzeitsfeier.

Dominik ahnte, dass das alles nichts Gutes bedeuten konnte. Anna-Lena spürte gar nicht, dass er immer schweigsamer wurde und gar nicht auf ihre Schwärmereien reagierte. Dominik wagte nicht, sie in ihrer Euphorie zu bremsen, auch wenn ihm angst und bange wurde. Auf dem Weg zurück nach Bollendorf plauderte sie in einem fort.

Sie waren inzwischen vier Jahre zusammen, und Anna-Lena hatte schon häufiger versucht, Dominik einen Heiratsantrag abzuringen, aber er war sich noch immer nicht sicher, ob sie die richtige Frau fürs Leben sein würde. Sie war sehr sprunghaft, auf der einen Seite leicht einzuschüchtern, aber auch leicht zu begeistern auf der anderen, was überhaupt nicht Dominiks nüchternem, geradlinigem Wesen entsprach.

Auch in den nächsten Wochen ließ Anna-Lena ihm mit diesem Thema keine Ruhe mehr, bis er dann endlich einwilligte. Seine Eltern waren glücklich. Besonders der Vater hoffte auf einen Erben für seinen Besitz und sein Unternehmen. Anna-Lenas Eltern wünschten sich ebenfalls Enkelkinder, und Dominik sah sich schon mit einer Schar von Bälgern und einer völlig überforderten Mutter für den Rest seines Lebens zu Hause sitzen. Sein Traum war eigentlich eine Karriere im Consultingbereich mit weltweit wechselnden Einsatzgebieten. Er sah auf einmal all seine Pläne zusammenstürzen und ahnte, dass er die Eifel nie wieder verlassen würde.

Die Vorbereitungen zur Hochzeit waren erwartungsgemäß eine Katastrophe. Anna-Lena bevorzugte heute cremefarben, morgen weiß. Die Tischdeko sollte mal lindgrün sein, dann wieder rosa, dann fliederfarben, und letztendlich gelb ... Und immer häufiger stritten

sich die beiden, weil Dominik keine Energie aufwand-
te, um all diese Pläne mit zu verfolgen. Anna-Lena warf
Dominik vor, ihm sei alles gleichgültig; er warf ihr vor,
dass ganz egal, bei was er heute zustimmen würde, sie
wenige Tage später sowieso alles wieder verworfen
habe.

Sie waren nahe daran, die Hochzeit wieder abzusa-
gen, was natürlich gegen alle gesellschaftlichen Regeln
verstoßen hätte. Seine Eltern zerrten an ihm, seine
Schwiegereltern machten Vorwürfe, Tanten und Onkel
mussten aus gesellschaftlichen Verpflichtungen heraus
eingeladen werden, und so feierten sie eines Tages
genervt und unentspannt, aber im ganz großen Stil auf
Schloss Weilerbach, nah an der luxemburgischen Grenze, ihre Hochzeit.

Während die Gäste sich amüsierten, wünschte sich
Dominik, dieser Wolf hätte Anna-Lena niemals in seine
Arme getrieben. Es war diese besondere Stimmung,
diese Angst, in die das Tier sie versetzt hatte, die seiner
Meinung nach dazu geführt hatte, dass sie in ihm den
großen Helden sah, der sie vor der wilden Bestie
beschützt hatte. Und die die Bistrowirtin dazu verleitet
hatte, Anna-Lena abzulenken und ihr diesen Floh mit
der Hochzeit ins Ohr zu setzen. Und dann war da auch
noch Benedikt. Anna-Lena hatte sich nicht ausreden
lassen, ihren Ex-Freund einzuladen, der jetzt mit ihrer
besten Freundin zusammen war. Den ganzen Abend
schon stichelte Benedikt, er sei eindeutig die bessere
Partie für Anna-Lena gewesen. Dominik hörte ein
Gespräch mit, in dem sein Schwiegervater lautstark
erklärte, er würde hoffen, dass Dominik eine Stelle im

Unternehmen seines Vaters bekommen würde, dann sei seine Tochter wenigstens gut versorgt, für etwas anderes sei er sowieso nicht zu gebrauchen.

Irgendwann stand er weit abseits aller anderen Gäste. Schritt für Schritt entfernte er sich von der Hochzeitsgesellschaft. Plötzlich hatte er den Autoschlüssel in der Hand.

Zwei Arme umfassten ihn in diesem Moment von hinten.

»Dominik, Schatz, wo willst du denn hin?«, säuselte Anna-Lena, aber er schüttelte seine Braut ab und murmelte nur kurz angebunden, er sei bald wieder da.

»Hast du eine Überraschung für mich geplant?«, fragte sie mit dieser künstlichen Kleinmädchenstimme, die ihn so aufregte, aber er reagierte gar nicht und ließ sie einfach stehen.

Nun würde er ihn sich holen, denn *er* war an allem schuld. *Er* hatte ihm das angetan. All das verdankte er nur *ihm*.

Dominik fuhr mit dem mit weißen Girlanden und Blumen geschmückten Auto zum Haus seiner Eltern und nahm ein Gewehr aus dem Schrank seines Vaters. Er brauchte nur wenige Minuten für den Rückweg.

Er schien ihn gar nicht zu hören, seine Aufmerksamkeit schien von etwas ganz anderem gefesselt. Und dass seine bernsteinfarbenen Augen nicht gut sahen, das wusste Dominik. Plötzlich drehte das Tier den Kopf und sie starrten sich an, beide völlig regungslos. Ganz langsam hob Dominik den Gewehrlauf und drückte

den Abzug. Der Schuss hallte durch die Stille des Waldes.

Hieß es nicht, man müsse immer ein einzelnes Tier aus
dem Rudel erschießen, damit der Wolf wieder Angst
vor dem Menschen habe und wieder wisse, dass der
Mensch sein Feind sei?

Aber reichte das?

War es nicht immer noch er, Dominik, der Angst hatte?
Aber nicht mehr Angst vor dem Wolf, sondern …

… vor dieser Frau.

Er wandte sich langsam um und legte das Gewehr
über die Schulter. Eine Patrone hatte er verschossen,
aber eine zweite war noch drin.

Als nächstes würde er ins Bistro von Schloss Weilerbach gehen.

Der Fall Derrick

Kommissar Engelmann im Krimihotel

VON SASCHA GUTZEIT

Die anbrechende Nacht breitete ihre schwarze Woll-
decke über den Dächern Hillesheims aus.

Ich saß im Krimihotel an der Theke und zündete mir
eine leckere *Overstolz*-Zigarette an. Nachdem ich kürz-
lich einen Mord im Nachbarort aufgeklärt hatte und
mein Auto mit einem überhitzten Keilriemen in der
Werkstatt war, hatten Polizeimeisterin Liesel Weppen
und ich beschlossen, hier abzusteigen und zu warten,
bis der rosarote Panda wieder flott war.

Meine attraktive Assistentin war bereits schlafen
gegangen, während ich mir noch ein bisschen den
Abend um die Ohren schlug.

Der Musikautomat spielte *Erst ein Cappuccino* von
Kristina Bach, doch ich bestellte einfach den nächsten
Cognac.

Am Tisch hinter mir saß ein älteres Ehepaar. Bei der
Jukebox mümmelte ein etwa vierzigjähriger Mann mit
Schlägerkappe eine Schweinskopfsülze.

Plötzlich flog die Tür auf, und eine Frau kam herein. Sie musste etwa Mitte fünfunddreißig sein, sah blendend aus, guckte aber sehr ernst aus der Wäsche. Ihr langes, schwarzes Haar fiel über ihre Schultern wie glänzender Teer auf eine wunderschöne, kurvige Landstraße. Sie trug ein blaues Kleid, das ihr nicht mal bis zu den Knien reichte und schwarze Pumps. Von einer Schulter baumelte ein braunes Lederhandtäschchen. Ich hatte alle Augen auf sie gerichtet. Die anderen Gäste guckten auch zu ihr hin.

Ich merkte sofort, dass die Frau etwas bedrückte. Als ausgebuffter Kriminalkommissar hatte ich dafür einen siebten Blick.

»Guten Abend, schöne Frau.«, lächelte ich und deutete auf den leeren Barhocker neben mir.

»Wollen Sie mich anmachen?« Ihre Stimme war hart und heiser, ihre tiefgrünen Augen geheimnisvoller als Loch Ness.

»Nein, aber Sie sehen aus, als könnten Sie ein Getränk vertragen«, sagte ich, während ich meine *Overstolz* lässig in den Aschenbecher drückte. »Und der Cognac ist hier besonders lecker.«

Die Frau überlegte einen Moment und nickte schließlich. Ich bestellte.

»Wir trinken einen zusammen, aber mehr läuft nicht, klar?«, pflaumte sie und setzte sich. Ihr Haar duftete verführerisch nach *Schauma Shamtu Apfelblüten Shampoo* von Schwarzkopf.

»Sagen Sie, Gnädigste ...«, begann ich. »Welche Maus ist Ihnen denn über die Leber gelaufen?«

Die Thekenkraft stellte uns die Drinks hin.

»Alles Scheiße«, sagte sie heiser. »Erst hatte mein Zug Verspätung, dann erfuhr ich, dass der Bahnhof Hillesheim stillgelegt ist. Als die Bahn schließlich in Oberbettingen hielt, wusste ich nicht, wo ich war. Und kein Taxi in Sicht! Gott sei Dank war ein Bauer aus Bolsdorf so freundlich, mich mit seinem Trecker zum Krimihotel zu fahren.«

Die Apfelblütenschönheit kippte den Cognac in sich hinein. »Aber als ich vorhin endlich hier ankam ...«, fuhr sie fort, »da war das für mich reservierte Zimmer bereits anderweitig vergeben.«

»Sehr ärgerlich«, sagte ich. »Welches hatten Sie denn reserviert?«

»Das Derrick-Zimmer.«

Ich zog eine Grimasse. »Ich fürchte, ähem, dann bin ich derjenige, der Ihnen Ihr Zimmer weggeschnappt hat.«

»Sie ...?«

Die Schönheit knallte das Glas auf die Theke und sprang vom Barhocker.

Dabei rutschte ihr das Handtäschchen von der Schulter und fiel zu Boden. »So ein Mist!«, fluchte sie, während der Inhalt herausprasselte. Bevor ich reagieren konnte, war sie auf den Knien, hatte alles wieder in die Tasche gestopft und rauschte wie ein Wirbelwind aus der Gaststube.

Schade, dachte ich, während der Musikautomat nun Freddy Quinns *Du musst alles vergessen* spielte.

Aus einem meiner Augenwinkel sah ich plötzlich, dass die Frau beim Einräumen ihres Handtäschchens wohl eine Sache übersehen hatte. Ich beugte mich nach unten und hob das kleine, runde Silberdings auf. Eine Puderdose.

Grinsend schob ich sie in meine Trenchcoattasche. So hatte ich einen guten Grund, die schöne Frau noch einmal wiederzusehen.

Ich fummelte eine *Overstolz* aus meiner Schachtel und gab mir Feuer.

Nach ein paar zünftigen Zügen blickte ich überrascht auf.

»Hallo-ho«, sang mir die schöne Frau ins Ohr. Sie schien plötzlich deutlich bessere Laune zu haben.

»Und ich dachte schon, Sie wären sauer auf mich wegen des Derrick-Zimmers, Gnädigste«, erwiderte ich und rückte meinen Hut zurecht.

»Ach wo, ich musste nur mal aufs Klo«, sagte sie. Jetzt sah ich sie zum ersten Mal lächeln.

»Ach so.«

»Und hör bitte auf, mich Gnädigste zu nennen«, hauchte sie und spitzte die vollen Lippen. »Ich bin Ruth-Tine. Und du?«

»Ich bin zwar kein Kieferchirurg …«, grinste ich, »aber du bist der steilste Zahn, der mir seit Langem untergekommen ist.«

Ich drehte den Schlüssel im Schloss von Nummer 26 und knipste das Licht an.

Das Derrick-Zimmer war wirklich hochmodern eingerichtet. Mit grauem Teppich, feschen Clubsesseln, einer Voss-Schreibmaschine und grünem Wählscheibentelefon. Gerahmte Fotos von Szenen aus Derricks bewegtem Ermittlerleben standen herum oder hingen an den grau-braun-grau gemusterten braunen Wänden. Vermutlich war der Kollege Derrick deshalb so präsent, weil er hier höchstpersönlich schon mal abgestiegen war. Neben einem Schrank voller Krimis hing sogar eine Vitrine mit seinen Original-Tränensäcken.

Ruth-Tines Puls schlug Purzelbäume, als sie das riesige Derrick-Portrait über dem Bett hängen sah. »Mir ist ganz heiß«, seufzte sie. »Hast du was zu trinken?«

Ich versank in ihrem Blick und merkte, dass ich nickte.

Dann holte ich eine Cognacpulle aus meinem Reisegepäck und goss zwei Zahnputzgläser voll.

»Moment noch, Liebling«, sagte ich und reichte ihr ein Glas. Ich stellte meins neben der Schreibmaschine ab und zwinkerte ihr zu. »Ich geh mich nur schnell frisch machen.«

Als ich aus dem Bad zurückkam, fläzte sie sich im Clubsessel beim Fenster. Ich hatte mich ausgezogen, lediglich Hut und Trenchcoat hatte ich anbehalten. Wir stießen an und tranken. Der Cognac schmeckte seltsam. Nicht so weich und aromatisch wie sonst. Dann verschwamm das schöne Tapetenmuster vor meinen Augen, und plötzlich blickte ich nicht mehr durch. Mein Glas fiel zu Boden, und ich klappte aufs Bett wie ein Sandsack.

Die warme Morgensonne, die vom Augustinerplatz ins Zimmer schien, erwischte mich eiskalt.

Noch immer lag ich auf dem Bett, roch die Matratze. Ich tastete das Laken neben mir ab. Keine Ruth-Tine.

Langsam öffnete ich die Augen und blinzelte auf den Radiowecker mit den modernen Klappziffern. Es war 8:39 Uhr.

Von dem Zeug, das mir die Gnädigste in den Drink gemixt hatte, war ich noch immer ganz hübsch benebelt.

»Oh, guten Morgen, Liebling«, lächelte ich und richtete den Oberkörper langsam auf. Ruth-Tine stand am Fußende des Betts, aber lächelte nicht. Sie richtete eine Pistole auf meine unzähligen Brusthaare.

»Wo ist die Puderdose?«, fauchte sie heiser.

»Was ist los?«, fragte ich und griff in eine Trenchcoattasche, um mir zum Frühstück eine *Overstolz* zu gönnen.

»Ich warne dich«, zischte sie und spannte den Hahn. »Keine Mätzchen!« Ihr tiefgrüner Loch-Ness-Blick funkelte jetzt ungeheuer.

Ich zog die orangefarbene Schachtel aus der Tasche, und in diesem Augenblick drückte sie ab. Geistesgegenwärtig zuckte ich zur Seite, und die Kugel bohrte sich mit einem *FUPP* ins Kopfkissen.

»Ich hab gesagt, keine Mätzchen!«, schrie Ruth-Tine heiser und spannte erneut den Hahn. Ihr Zeigefinger zappelte am Abzug, doch ich hatte längst meine Dienstwaffe umklammert und drückte ab.

Auch ohne Ruth-Tine-Untersuchung sah ich, dass sie plötzlich ein Loch in der Stirn hatte. Sie sackte neben mir auf die Matratze und war toter als eine unangeschlossene Telefonleitung.

Ich steckte meine *Mauser PPK* in den Trenchcoat zurück und setzte mich auf die Bettkante. Warum hatte mir die Gnädigste bloß was in den Cognac getan? Und wieso war sie auf einmal wieder so unfreundlich gewesen?

Ich tat einen tiefen Seufzer. Zeit, mir endlich eine *Overstolz* durch die Kiemen zu löten. Als ich nach den Streichhölzern auf dem Nachttisch langte, klingelte das grüne Wählscheibentelefon. Ich nahm den Hörer ab, und bevor ich auch nur »Guten Morgen« sagen konnte, wurde am anderen Ende losgeplappert.

»Zehn Uhr, wie verabredet«, sagte die tiefe Männerstimme.

Irritiert sah ich auf den Radiowecker. Da war es immer noch 8:39 Uhr.

»Hat alles geklappt, meine Liebe?«, fuhr die Stimme fort. In meinem Ermittlergehirn arbeitete es und mir wurde klar, dass der Anrufer mich für Ruth-Tine hielt, für die das Derrick-Zimmer ja ursprünglich reserviert gewesen war.

»Äh, selbstverständlich«, improvisierte ich und meine Stimme klang nach reinster Ruth-Tine.

»Sehr gut, meine Liebe«, sagte der Anrufer zufrieden. »Ich werde erst nachmittags in der Eifel sein können, also schlage ich vor, dass wir uns um 17 Uhr am vereinbarten Ort treffen.«

»Am … vereinbarten Ort?« Der Schweiß plätscherte unter meine Hutkrempe.

»Ja«, sagte die tiefe Stimme durch den Hörer. »Am Eingang zum Bolsdorfer Tälchen, am Seeufer beim Spielplatz. Und vergessen Sie nicht, das Objekt mitzubringen!«

Dann klickte es in der Leitung.

Nach wie vor trug ich nur Hut und Trenchcoat, doch ich musste jetzt was frühstücken. Ich verließ das Zimmer und prallte auf dem Korridor gegen Polizeimeisterin Weppen, die just aus Nummer 22 kam.

»Guten Morgen, Kommissar Engelmann«, begrüßte sie mich freudig und nestelte in ihren langen, blonden Locken herum. »Gut geschlafen?«

»Weiß Gott, das hab ich.«

»Ich auch«, freute sich Liesel. »Das Pater-Brown-Zimmer ist echt toll, Chef. Wie finden Sie denn Ihr Derrick-Zimmer?«

»Bis auf die Leiche auf dem Bett sehr gemütlich!«, brummte ich und winkte meine Assistentin hinein. Da ich die Frage in ihren Kulleraugen lesen konnte, sagte ich: »Kommen Sie, Liesel, wir gehen frühstücken, und dann sagen wir an der Rezeption Bescheid.«

»Wir sind zwar das Krimihotel, aber es tut mir sehr leid, dass Sie eine Leiche auf dem Zimmer hatten«, sagte Frau Blaumeise. Die aparte Hotelfachfrau stand mit uns an der Rezeption, während zwei Polizisten die Tote aus meinem Hotelzimmer und am Frühstücksbuffet vorbei hinaus in den Notarztwagen trugen.

Als Liesel und ich auf mein Zimmer zurückkamen war es 8:39 Uhr. Im Derrick-Zimmer schien die Zeit wirklich stillzustehen.

Ich setzte mich zum Blutfleck auf die Matratze und wollte eine leckere *Overstolz* aus dem Trenchcoat fummeln, da hatte ich plötzlich etwas ganz anderes in der Hand.

Verdammte Hacke, ja … die Puderdose!

Sie musste schrecklich wichtig sein, sonst hätte Ruth-Tine nicht gleich nach dem Aufwachen danach gefragt! Gespannt klappte ich sie auf und fand statt des üblichen Puders ein zusammengefaltetes Blatt Papier.

»Das ist ja interessant. Sehen Sie selbst«, sagte ich begeistert und reichte Liesel den Wisch.

»Und was soll das bedeuten? Da steht Butter, Eier, Caramac, dicke Bohnen …«

»Auf der Rückseite.«

Liesel wendete das Blatt. »Und was soll das bedeuten? Da steht 16-1, 4-6, 26-5, 14-2 und so weiter. Ist das etwa eine Matheaufgabe, Chef?«

»Ich denke, das ist ein Code«, kombinierte ich. »Und wenn mich nicht alles täuscht, ein sehr geheimer!«

»Also ich versteh jetzt gar nichts mehr.« Liesel rückte ihre Schirmmütze zurecht.

»Nun, liebe Liesel, lassen Sie uns doch mal das Pferd von innen einzäunen …«, sagte ich und steckte mir eine *Overstolz* an. »Diese Ruth-Tine wollte unbedingt hier aufs Zimmer. Als sie erfuhr, dass ich hier wohne, hat sie sich an mich rangeschmissen. Der Code und das Derrick-Zimmer müssen in diesem Fall zusammenhängen. Vielleicht spielt ja sogar Kollege Derrick selbst eine große Rolle.«

Ich nippte an meiner *Overstolz* und sah mich im Zimmer um.

Dann fiel der Groschen, und ich wusste, was die Nachricht aus der Puderdose zu bedeuten hatte!

»Und was werden Sie jetzt tun, Kommissar Engelmann?«

»Ich erst mal gar nichts«, grinste ich so breit, dass es bis zum Ende der A 1 zu sehen sein musste. »Aber Sie, liebe Liesel, machen bitte Folgendes …«

Ich saß im Salon des Krimihotels, trank einen Cognac und aß ein paar Stücke Streuselkuchen. Nebenan in der Gaststube spielte der Musikautomat gerade *Rivers of Babylon*. Ich stellte die Lauscher auf Durchzug und stippte das nächste Kuchenstück in meinen Cognac.

Dann kam Polizeimeisterin Weppen auch schon zurück. »Eine Liste aller Derrickfolgen hatten sie im Kriminalhaus zwar nicht, Chef ...«, keuchte Liesel und stellte einen Karton vor mir auf dem Tisch ab, »aber man hat mir das hier für Sie in die Hand gedrückt.«

Ich guckte in die Pappkiste, die randvoll mit Videokassetten gefüllt war.

»Dann auf zum fröhlichen Codeknacken, Liesel!«, rief ich und sprang auf. Meine attraktive Assistentin machte ein ratloses Gesicht. »Ich versteh echt nicht, was diese Kassetten mit dem Code zu tun haben.«

»Warten Sie nur ab.«

Die Nachmittagssonne schmuggelte sich durch das Fenster.

Natürlich war das Zimmer, wie viele andere im Krimihotel, mit einem Fernseher sowie einem hochmodernen Videoabspielgerät ausgestattet.

Nur noch ein Buchstabe, dann würde ich den Code geknackt haben.

Nachdem ich zuletzt die siebenundzwanzigste Derrick-Folge *Risiko* und davor die vierte Folge *Mitternachtsbus* angeschaut hatte, legte ich nun eine andere Videokassette ein und spulte zum Vorspann. *DA-DAAA – Da-da. DA-DAAA – Da-da.*

Hoffmanns Höllenfahrt wurde eingeblendet. Im Code hieß es 10-14, also notierte ich mir den vierzehnten Buchstaben von Folge zehn. Damit war das Lösungswort komplett.

»Wahnsinn, Chef!«, staunte Liesel Weppen. »T-R-A-E-N-E-N-S-A-E-C-K-E!«

Längst hatte ich die kleine Vitrine von der Wand genommen und sie in eine Plastiktüte gesteckt.

»Jetzt wird es aber Zeit«, sagte ich und sah auf meine Armbanduhr, da der Radiowecker schon wieder 8:39 Uhr sagte. Mir blieb noch exakt eine halbe Stunde.

Gerade noch genug Zeit, sich in dem Modewarengeschäft gegenüber vom Hotel ein Kleid und Pumps zu besorgen. Eine passende Perücke hatte ich selbstverständlich im Reisegepäck. Es war ja nicht das erste Mal, dass ich *undercover* ermittelte.

Durch das lange schwarze Haar hindurch, das mir ins Gesicht wehte, sah ich, wie sich ein BMW näherte. Wenn mich nicht alles täuschte, war es exakt das gleiche Modell, das der Kollege Derrick mal gefahren hatte. Der Wagen hatte sogar ein Münchner Kennzeichen. Er hielt vor der Tennishalle, und ein untersetzter Mann mit rötlichem Haar stieg aus.

Er trug ein Sakko und mochte um die siebzig sein, man sah aber deutlich, dass er sich schon mehrmals hatte liften lassen. Er kam über den Weg auf mich zu, zum Seeufer. Ich zupfte mir unwillkürlich das blaue Kleidchen gerade.

»Wo ist es?«, kam der Mann gleich zur Sache.

Ich griff in die Plastiktüte und reichte ihm die Tränensackvitrine.

»Der Heilige Gral aller Derrick-Fans«, jauchzte er. »Endlich hab ich ihn.« Dann sah er mich an, und in seinem Blick klimperten Eiswürfel. »Und Sie, meine Liebe, haben jetzt ausgedient, denn natürlich kann ich nicht riskieren, dass Sie plaudern, Sie gewöhnliche Diebin.«

Der untersetzte Mann ließ plötzlich einen Revolver aus seinem Sakko schnellen. »Wirklich schade, dass Sie die Eröffnung meines Derrick-Freizeitparks nicht mehr miterleben werden …«

»Ich fürchte, Sie aber auch nicht, Herr Klein.«

Die Haut um seine Wangenknochen spannte sich wie Mettwürstchenpelle. »Woher … wissen Sie, wie ich heiße?«, fragte er bestürzt. »Ich habe doch am Telefon niemals meinen Namen genannt.«

»Tja, Sie hätten einfach nicht so blöd sein sollen, den geheimen Derrick-Code zusammen mit der Einkaufsliste auf Ihr Firmenbriefpapier zu schreiben«, erklärte ich mit Ruth-Tine-mäßiger Stimme. »Und wenn Sie glauben, ich wäre eine sexy Ganovin, dann sind Sie auf dem falschen Holzdampfer.« Ich zog mir jetzt die schwarze Langhaarperücke vom Schädel. »Ich bin Kommissar Heinz Engelmann von der Polente und Sie sind umstellt!«

Verstohlen sah sich er sich um, dann lachte Klein laut. »Der Trick funktioniert bei mir nicht, Bulle!«

Ich nickte Liesel zu, die als Touristin getarnt auf den Steinen am Ufer saß und Brotkrumen ins Wasser warf.

Damit hörte sie jetzt abrupt auf, und das war das verabredete Zeichen! Mehrere gut getarnte Polizisten, die sich Gummienten auf den Kopf geschnallt hatten, sprangen jetzt aus dem See und rissen den Mann zu Boden.

Ich eierte auf meinen hohen Hacken ans Wasser. Dann legte ich Harald Klein die Handschellen an, die ich aus dem Derrick-Zimmer hatte mitgehen lassen, wo sie normalerweise die Fenstervorhänge zusammenhielten.

»Ab dafür!«, rief ich den Kollegen von der Wasserpolizei zu, die Klein dann auch unter Protest davonzerrten.

Somit war der Fall Derrick gelöst. Die Tränensackvitrine würde wieder an ihren angestammten Platz im Derrick-Zimmer zurückkommen, und die Handschellen würde ich später bestimmt auch zurückbringen können.

»Kommissar Engelmann! Kommissar Engelmann!«, schallte es plötzlich von der Tennishalle herüber. »Gute Nachrichten, Herr Kommissar!«, rief mir Frau Blaumeise zu und kam angehechelt. »Die Autowerkstatt hat angerufen. Ihr rosaroter Panda ist repariert!«

»Das ist ja wunderbar!«, freute ich mich und wandte mich dann grinsend an meine attraktive Assistentin. »Liesel, hol'n Sie schon mal den Wagen!«

Im Dickicht

VON PAUL PFEFFER

Hallimasch, überall Hallimasch! Der ganze Wald scheint voll davon zu sein. Robert verzieht das Gesicht. Der Hallimasch ist keine Offenbarung für einen Pilzsammler. Warum können hier nicht wenigstens ein paar Rotfußröhrlinge wachsen? Auch nicht das Wahre, aber immer noch besser als Hallimasch.

Seit er in Pension ist, hat Robert seine Leidenschaft für die Pilze entdeckt. Auf seinem Bücherregal steht inzwischen ein halber Meter Pilzliteratur. Früher war er Unfallchirurg im Krankenhaus Maria Hilf in Daun. Oberarzt Dr. Robert Weidmann. Zum Chefarzt hat es nicht gereicht, das ist dann der Kuckartz geworden. Ab Ende vierzig hat er dann alle Ambitionen aufgegeben und sich systematisch auf seinen Ruhestand vorbereitet. Er fühlt sich fit, nur das Gehör lässt in letzter Zeit ein bisschen nach.

Robert liebt die wilden Eifelwälder. Die ausgedehnten Waldgebiete westlich von Daun und Neroth gehören zu den schönsten, die er kennt. Es gibt dort an den

Wochenenden zwar einige Spaziergänger und Jogger, aber die bleiben brav auf den Wegen. Robert dagegen meidet die Wege, sondern bewegt sich in großen Schleifen durch den Wald. Abwechselnd gibt es Laubwald, hauptsächlich Buchen, und lichte Bestände von alten Fichten, unter denen dichtes Unterholz wuchert. Hier wachsen ziemlich viele Pilze.

Es ist ein schöner Septembertag, die Sonne scheint. Vor ein paar Tagen hat es geregnet. Feuchte Wärme. Ideales Pilzwetter. Robert bleibt stehen, öffnet den Stoffbeutel und betrachtet seine Ausbeute: zwei magere Parasolpilze und ein paar junge Hallimasch. Das geht eindeutig gegen seine Ehre. Er schaut zu dem Dickicht hinüber, das in einiger Entfernung vom Weg eine fast undurchdringliche Mauer bildet. Dort geht er normalerweise nicht hinein, da holt man sich blutige Striemen von den Brombeerranken, aber vielleicht sollte er es heute einmal versuchen. Er geht näher heran und findet tatsächlich einen Durchschlupf. Vielleicht ein Wildwechsel. Aber es sieht so aus, als ob der Einstieg mit kleinen Ästen getarnt worden ist. Seltsam. Der Pfad dahinter ist für einen Wildwechsel eigentlich zu breit. Robert heftet seinen Blick gewohnheitsmäßig auf den Boden. Auch hier überall Hallimasch. Aber dann erspäht sein geübtes Auge einen braunen Hut.

Er bückt sich und schneidet einen großen Steinpilz ab. Ganz in der Nähe steht noch einer. Ein ganz junger ohne Würmer. Das Unterholz wird immer dichter. Er muss sich anstrengen, dass er durchkommt, aber der Pfad macht es ihm leichter. Er scheint eine ergiebige Pilzstelle gefunden zu haben, denn er findet noch ein paar Prachtexemplare. Robert hat das Jagdfieber gepackt. Er steigt über umgestürzte Bäume, bewegt sich immer tiefer in das Dickicht hinein. Dicke Brombeerranken kratzen über seine Hosenbeine, haken sich fest. Da, wieder ein Steinpilz! Er geht in die Knie, zückt das Messer... und erstarrt.

Etwa einen halben Meter neben dem Pilz liegt etwas Längliches, Helles. Es ist ein Knochen, genauer gesagt zwei Knochen, die zusammengehören. *Radius* und *Ulna*, eine Elle und eine Speiche. Roberts medizinisches Gedächtnis funktioniert immer noch präzise. Ohne den Kopf zu bewegen, lässt er seine Augen weiter wandern und bleibt an einer Hand hängen. Eine Hand? Ja, ganz eindeutig sind das die skelettierten Fingerknochen einer Hand, die da aus dem Laub ragen. Einer linken menschlichen Hand, die allerdings nicht ganz vollständig ist, wie Robert mit geschultem Blick sofort bemerkt. Der kleine Finger fehlt. Robert bückt sich und bringt sein Gesicht etwas näher heran. Der Unterarm und die Hand wirken in dieser Wildnis ganz organisch, als gehörten sie hierher. Gelblich ragen sie aus dem Laub. Wenn man nicht den Medizinerblick hat, kann man sie leicht übersehen. Sie sind schön, denkt Robert, fast elegant. Wie zerbrechliche, helle Birkenästchen sehen sie aus ...

Er ruft sich zur Ordnung. Zu einer menschlichen Hand und einem Arm gehört mit großer Wahrscheinlichkeit auch ein Körper. Er lässt seinen Blick über die Verlängerung des Arms zu dem niedrigen Haufen aus Moos, Erde und altem Laub wandern, der halb unter dem gefallenen Baumstamm verborgen liegt.

Er nimmt einen kleinen Ast zur Hand und entfernt das Laub vorsichtig an der Stelle, wo der Kopf sein muss. Er braucht nicht lange zu scharren, dann sieht er schon einen Teil des Stirnschädels und eine leere Augenhöhle. Darüber Reste von ehemals üppigem blondem Haar.

Robert bleibt ganz ruhig, er hat weiß Gott genug menschliche Knochen und sterbliche Überreste gesehen in seinem Berufsleben, aber es drängt sich ihm die Frage auf, ob er in diesem Fall überhaupt etwas gesehen haben will. Wäre es nicht besser, ein bisschen Erde und Laub zu nehmen und die Leiche damit zu bedecken? Ruhe in Frieden, wer auch immer du bist! Mit Sicherheit würde er sich eine Menge Scherereien ersparen. Andererseits, was kann schon groß passieren? Ein bisschen Polizei, eine Vernehmung, eine Beschreibung des Fundhergangs …

Er lässt sein Messer in den Stoffbeutel gleiten und nestelt sein Handy aus der Innentasche des Anoraks. Er ist so beschäftigt, dass er die Äste hinter sich nicht knacken hört. Sie brechen unter den Schritten einer gedrungenen Gestalt. Als er sich umdreht, ist es schon zu spät. Ein Schlag von unten gegen seinen Unterarm … Sein Handy verschwindet im hohen Bogen im Gestrüpp.

»He, was fällt Ihnen ein!«

Obwohl Robert fast geschrien hat, hört sich seine Stimme seltsam kraftlos an.

»Nicht telefonieren!«

Die Stimme klingt wie Samt.

»Hier liegt … hier liegt …«, stammelt Robert.

»Ich weiß«, unterbricht ihn die Stimme.

Robert spürt, wie sich ein eisernes Band um seinen Brustkorb schlingt und ihm den Atem nimmt. Er versucht zu erkennen, wer der Mann ist. Aber der steht im Gegenlicht, sodass Robert sein Gesicht nur als dunkle Fläche wahrnehmen kann. Unwillkürlich geht sein Blick seitwärts zurück zu dem kleinen Hügel.

»Hilde Morbach«, sagt die Stimme.

Roberts Synapsen fangen an zu feuern. Hilde Morbach? Da gab es doch vor anderthalb Jahren diesen mysteriösen Fall mit der spurlos verschwundenen Frau. Hieß die nicht Hilde Morbach? War die nicht blond gewesen, achtundzwanzig Jahre alt, Bedienung im Wald-Café Kretschmann am Gemündener Maar? Die legendäre Hilde, derentwegen er öfter dort einen Kaffee getrunken hatte? Er hatte es sehr bedauert, dass sie plötzlich weg war, denn sie war eine Augenweide. Manchmal hatte er sogar mit ihr geflirtet. Alle Männer taten das oder versuchten es zumindest. Und sie schien es zu genießen. Aber dann war sie vom einen auf den anderen Tag verschwunden. Der Fall war wochenlang durch die Presse gegangen. Aber die Polizei des gesamten Landkreises Vulkaneifel hatte trotz intensivster Suche keine Spur von ihr gefunden.

»Hilde war eine wunderbare Frau. Ich habe sie geliebt.«

Die Stimme unterbricht seine Gedanken. Er blinzelt in Richtung des Mannes, der als dunkle Silhouette vor der Sonne steht. Dieser längliche Gegenstand, den der Mann in der Hand hat, ist das nicht ein Messer? Roberts Herz hämmert gegen die Rippen. Die Finger seiner linken Hand krampfen sich um den Griff des

Stoffbeutels, die rechte bewegt sich langsam in Richtung Beutelöffnung. Die Stimme spricht weiter, leise und eindringlich: »Einmal im Monat komme ich hierher, um sie zu besuchen. Haben Sie sie gekannt?«

»Ja«, krächzt Robert.

Seine Augen irren nach rechts und links. Überall dichtes Unterholz, Gestrüpp, Brombeeren, da ist kein Durchkommen. Roberts rechte Hand ist schon im Stoffbeutel verschwunden, tastet nach dem Messer.

»Hilde Morbach«, sagt die Stimme und wird noch sanfter, »Alle haben sie gekannt. Hilde war schön. Zu schön. Da waren zu viele Männer um sie herum.«

Endlich hat Robert den Messergriff in der Hand. Jetzt muss er nur noch … In diesem Augenblick bewegt sich die dunkle Gestalt blitzartig auf ihn zu. Robert spürt einen scharfen Schmerz an seinem rechten Handrücken. Er reißt die Hand aus dem Beutel heraus, will dem Mann das Pilzmesser in den Bauch rammen. Aber er kann den Griff nicht festhalten, seine Finger gehorchen ihm nicht mehr. Sehnen durchtrennt, registriert sein Chirurgengehirn sachlich.

»Zu viele Männer«, fährt die Samtstimme fort, »Sie war in großer Gefahr, aber ich habe sie gerettet.«

Robert kann nicht mehr denken. Er muss hier weg. Der Sprung nach rechts ins Dickicht ist noch einigermaßen leicht, beim zweiten Schritt schlingen sich schon die Brombeerranken wie Fesseln um seine Beine. Dann spürt er einen stechenden Schmerz zwischen den Schulterblättern.

Dr. Robert Weidmann merkt nichts mehr davon, dass die dunkle Gestalt ihn von den Brombeerranken befreit, ihn sorgfältig, fast liebevoll neben Hilde bettet, und mit Laub, Erde und Moos bedeckt. Er merkt auch nicht, dass sein linker kleiner Finger fachgerecht abgetrennt, in einen Plastikbeutel verpackt und in die Tasche geschoben wird.

Der Mann bleibt noch eine Weile mit gesenktem Kopf vor dem Hügel stehen wie jemand, der seine verstorbenen Angehörigen auf dem Friedhof besucht und in stillem Gedenken vor dem Grab verweilt. Dann dreht er sich um und bewegt sich ohne Hast den Pfad zurück. Als er das Dickicht verlässt, arrangiert er ein paar kleinere Äste so geschickt, dass der Eingang fast nicht mehr zu erkennen ist.

Wäre Robert Weidmann noch am Leben gewesen, hätte er die samtene Stimme flüstern hören können:

»Bis zum nächsten Mal, Hilde.«

Der fiese Möpp

VON RALF KRAMP

Das Geschäft mit Frau Froelinghaus würde ihn retten. Mit jedem Kilometer, den Funke sich seinem Ziel näherte, sagte er diesen Satz auf wie ein Mantra. Seit Tagen konnte er an nichts anderes denken. Frau Froelinghaus war seine Rettung. Beim Tanken in Walsdorf fiel sein Blick auf die Imbissbude auf der anderen Straßenseite. Er guckte auf sein Handy: 17 Uhr 36. Hatte er noch Zeit für eine Currywurst? Eigentlich nicht. Funke hatte sich angewöhnt, die Uhrzeit vom Handy abzulesen, da er ohnehin alle paar Minuten nach neuen E-Mails, SMS oder Nachrichten über den facebook-Messenger guckte. Sein Hunger war einfach zu groß. Er schloss den Tankdeckel, bezahlte und fuhr hinüber zum Imbiss. Wann hatte er die letzte warme Mahlzeit zu sich genommen? Egal.

Er betrat den Pavillon aus Holz und Plexiglas, den man offenbar in mehreren Bauabschnitten an den ursprünglichen Imbisswagen drangezimmert hatte. Der fettige Geruch ließ seinen Magen geradezu fordernd aufgurgeln.

Sein Handy meldete sich. Für einen kurzen Moment baute sich schwach ein Funknetz auf, und die verpassten Anrufe und die nicht zugestellten Nachrichten der vergangenen halben Stunde wurden angezeigt. Frau Froelinghaus. Viermal allein Frau Froelinghaus! Kaum zu glauben. Sie nervte, aber das konnte er ausblenden.

Er bestellte eine Currywurst, überlegte kurz, ob er Mayo auf die Pommes haben wollte, entschied dann, dass er für Pommes gar keine Zeit hatte, und postierte sich mit seiner Wurst und einer Dose Cola an einem der Stehtische.

Frau Froelinghaus war eine Kundin, die seine ganze Aufmerksamkeit forderte. Das taten eigentlich fast alle, aber allein Frau Froelinghaus hatte den Schlüssel zu seinem, zu Funkes Glück. Heute Abend, da war er sich sicher, da würde er endlich das Ding für Frau Froelinghaus eintüten. Und dann würde er mithilfe der satten Provision einen Teil seiner Schulden tilgen und mit dem Rest erst mal einen langen, gemütlichen Urlaub machen.

Draußen fuhren gleichzeitig ein Sprudellaster und der Kleinbus einer Heizungsbaufirma aus Gerolstein vor. Laut palavernd kamen die beiden Fahrer herein und warfen sich an die hölzerne Verkaufstheke.

Während Funke die neu eingegangenen E-Mails prüfte, entspann sich im Hintergrund eine lautstarke Unterhaltung mit der Frittenfrau. Funkes Finger wischten über das Display des Mobiltelefons. Gerolstein, Dachgeschosswohnung, verkauft. Einfamilienhaus in Duppach, zwei neue Interessenten. Doppelhaushälfte in Prüm, Notartermin abgesagt. Abgesagt? So eine verfluchte

Scheiße! Das ging ihm alles dermaßen auf die Nerven. Seit dreiundzwanzig Jahren war er jetzt selbstständig als Immobilienmakler, und er merkte seit einiger Zeit, dass er immer dünnhäutiger wurde. Die Kunden wurden schwieriger und anstrengender. Sowohl die Verkäufer als auch die Käufer. Früher waren es die Kölner gewesen, die jede noch so runtergekommene Bruchbude kauften und aufmöbelten, um eine Bleibe in der Nähe der Jagd oder des Golfplatzes zu haben, oder um einfach nur mit den anderen Städtern am Wochenende im Naturidyll die Sau rauszulassen. Heute waren es die Holländer, die keinen Platz mehr im eigenen Land fanden, und die langsam Angst bekamen, dass ihnen demnächst irgenwann die Deiche um die Ohren flogen, und dass sie die Nordsee im Schlafzimmer hatten.

Frau Froelinghaus, die Sache würde was bringen. Frau Froelinghaus war bekloppt, aber sie wusste, was sie wollte. Und sie würde eine horrende Summe bezahlen, um es zu kriegen.

»Dat is en fieser Möpp!«, röhrte der dicke Sprudellasterfahrer. »Der hat meinen Hund verjiftet!«

Funke horchte auf. Da war Wut im Spiel. Die Wirtin und ihre Gäste waren sich offenbar einig in dem, was sie da bei einem Dosenbier erörterten.

»Echt, den Hund? Die Sändie? Dat war doch so ein liebes Tier!«

»Verjiftet. Nur weil ich den ab und zu mal frei rumlaufen lasse.« Mit einer wilden Geste schüttete sich der Mann das restliche Bier in den Rachen und rülpste dann mehr, als er sprach: »Den schnapp ich mir irjendwann, wenn keiner dabei is!«

»Der ruft dauernd meine Frau an und brüllt die an, dass sie mit dem Bäckerwagen nicht so 'nen Krach machen soll.«

»Krach? Mit dem Bäckerwagen?«

»Ja, die muss doch immer die Klingel anmachen. Drrring ... Drrring ... Drrring ... Dass die Leute auch hören, dass der Bäckerwagen da ist. Und da ruft der Typ neuerdings jede Woche bei uns an und motzt meine Frau an. Richtig mit Schimpfwörtern und so. Der müsste mal anrufen, wenn ich drangehe.«

»So ein Arschloch. Bei uns in Zilsdorf hat der letztens in voller Fahrt einen vollen Müllbeutel einfach aus dem Auto rausgeworfen. Mitten in den Vorgarten vom Driesch Ferdi. Der hat das Auto genau erkannt.« Die Frittenfrau schüttelte mit verkniffenen Mundwinkeln den Kopf. »Da kannst du fragen, wen du willst. Da brauchst du nur den Namen Kroschek zu sagen, da wissen alle Bescheid.«

Der Sprudelfahrer riss die zweite Bierdose auf. »En richtich fieser, fieser Möpp is dat.«

Kroschek? Funke blickte von seinem Handy auf, und ihm entfuhren unwillkürlich die Worte: »Etwa Oswald Kroschek?«

Die drei starrten ihn an. Die Frittenfrau nickte schließlich. »Haben Sie auch schon von dem gehört?«

Funke räusperte sich verlegen. Eigentlich sprach er nicht mit Fremden über seine Geschäfte. Und eigentlich hatte er keine Zeit. »Sie meinen Oswald Kroschek? Den von der alten Hutfabrik?«

»Der fiese Möpp«, raunzte der Lastwagenfahrer, und der Heizungsbauer ergänzte: »Können Sie jeden hier fragen.«

»Ich bin gerade auf dem Weg zu ihm«, erklärte Funke. »Das klingt ja nicht gerade ermutigend, was ich da mitbekommen habe.«

Der Heizungsbauer kam zu ihm herübergeschlendert. »Wissen Sie, das ist der Arsch, der vor ein paar Jahren diesen alten Kasten gekauft hat. Die Hutfabrik da oben am Waldrand hinter Zilsdorf.«

Funke kannte das Gebäude nur zu gut. Er hatte Grundrisszeichnungen, Lagepläne, Katasterauszüge. Er hatte eine Kundin, die sich in das große, leicht in die Jahre gekommene Anwesen richtiggehend verliebt hatte: Frau Froelinghaus.

»Was wollen Sie denn von dem?«

»Etwas Geschäftliches«, sagte Funke ausweichend und warf sein Pappschälchen in den Mülleimer.

»Geschäftlich«, grunzte der Sprudelfahrer. »Die Geschäfte vom Kroschek kennt man ja. Für den arbeitet hier im Umkreis von fünzig Kilometern keiner mehr. Mein Schwager schafft beim Stolz. Da hat dat Arschloch nen Laster Lava für den Vorplatz bestellt. Der Mike hat abgekippt, und da ruft der Typ doch tatsächlich am nächsten Tag an und sagt, er hätte grade erst Splitt vom Wotan jekriegt, er bräuchte jar keine Lava. Dat is vors Jericht jejangen, und ratet mal, wer jewonnen hat.«

Der Heizungsbauer drehte sich eine Zigarette und wedelte den stummen Einwand der Frittenfrau beiseite, die auf das Rauchverbotsschild hinwies. »Ein Querulant ist das. Keine Woche vergeht, in der der nicht irgendwen bei der Polizei anscheißt. Wegen irgendwelchen Kleinigkeiten. Laub verbrennen und Rasenmähen während der Mittagsruhe und so Sachen. Das sind die Zugezogenen, die wir so richtig gern haben. Denen müsste man ...«

Funke kannte solche Leute. Er hatte genug von ihnen in der Kundschaft. Manchen sah man schon beim ersten Besichtigungstermin an, dass sie unweigerlich am Leben in der Eifel scheitern würden. Denen war es zu laut, zu weit, zu eng, zu kalt, zu warm ... zu, zu, zu.

»Hört sich nach einem reizenden Zeitgenossen an«, sagte Funke säuerlich lächelnd. »Sie haben mich wirklich neugierig gemacht.« Er hatte bereits die Hand auf dem Türgriff, als die Frittenfrau fragte: »Und was für ein Geschäft ist das?«

»Ich habe einen Kunden, der unbedingt die alte Hutfabrik kaufen will.«

Von einer Sekunde auf die andere veränderten sich die drei Gesichter. Überraschung, Hoffnung und Skepsis wechselten einander ab.

Funke nickte zum Abschied und verließ die Imbissbude.

Der Toyota machte beim Starten ein rasselndes Geräusch, das Autos nicht machen sollten. Nun, den würde er auch ersetzen, wenn alles klappte. Und es würde klappen.

Er fuhr nach Zilsdorf, bog dann in Richtung Betteldorf ab und orientierte sich am Ortsausgang bei den drei seit Ewigkeiten stillstehenden Windrädern links. Vor dem Schild, das unmissverständlich verkündete: »Durchfahrt strengstens verboten! Privatbesitz!«, parkte ein gelber Seat. Gleich daneben sammelte eine junge Frau auf der Wiese Löwenzahn.

Funke bremste und fuhr die Scheibe runter. »Karni-ckel?«, fragte er.

Sie nickte und kam auf ihn zu. Der Wind wehte ihr immer wieder Haarsträhnen ins Gesicht.

»Sie sollten da nicht reinfahren«, sagte sie.

»Wieso nicht?« Dabei wusste er es doch schon.

»Das gibt gleich eine Anzeige. Vor zwei Wochen habe ich ein Stück weiter da hinten geparkt. Ich habe Pilze gesammelt. Im Wald. Da war Platz genug, um durch-zukommen. Jede Menge. Als ich zum Auto zurückkkam, hatte ich einen Zettel unter dem Scheibenwischer: Pri-vatbesitz. Und, was glauben Sie – der hat mir den Scheinwerfer zertrümmert. So ein Irrer.«

»Oswald Kroschek?«

»Genau. Sagen Sie bloß, das ist ein Freund von Ihnen.«

Er schüttelte den Kopf. »Nein, nein. Kundschaft.«

Ein Trecker hielt an der Straße. Über das Geknatter ertönte die Stimme des vierschrötigen Bauern: »Will der zum Kroschek?«

Die junge Frau nickte heftig.

»Der kann ihm sagen, dass ich auch gleich komme, wenn ich den Hänger abgeladen hab. Die Sau hat ein-fach den alten Schuppen abgefackelt.«

»Echt? Warum?"

»Stand angeblich auf seinem Grundstück. Da steht der aber schon seit vierzig Jahren oder noch länger.«

Funke reckte den Kopf aus dem Fenster und verrenk-te den Hals, um den Bauern sehen zu können.

Der Mann saß auf seinem Trecker wie ein fetter Süd-seekönig auf einem bizarren Thron aus Metall. Er reckte eine Flinte empor. »Das hier wird er verstehen. Sagen Sie ihm das! Ich brauche noch 'ne halbe Stunde, dann knöpfe ich mir die Sau persönlich vor!«

Mit einem empörten Röhren setzte sich der Trecker wieder in Bewegung und verschwand hinter der nächsten Wegkehre.

»Seien Sie vorsichtig«, sagte die junge Frau sanft und beugte sich zu Funke hinunter. Sie duftete nach Heu und Kamille. »Der ist gewalttätig.«

»Der Bauer?«

»Nein, Kroschek. Vor vier Wochen hat er unten im Dorf am Straßenrand mit seinem Volvo einfach das Wägelchen platt gefahren, mit dem mein Neffe den Wochenspiegel austrägt. Er hat geschrien, dass er den Scheiß nicht in seinem Briefkasten haben will.«

Funke schluckte schwer und lächelte sie schwach an. »Ich passe auf.«

Dann fuhr er weiter.

Sein Handy klingelte. Umständlich kramte er es aus der Hosentasche, während er seinen Wagen in den Wald hinein lenkte.

»Frau Froelinghaus? Ja, ich bin gerade auf dem Weg zum Objekt. Hören Sie, ich kann Sie kaum verstehen ... Hallo?« Die Verbindung brach ab.

Sie träumte davon, die alte Hutfabrik in ein spirituelles Zentrum zu verwandeln. Stundenlang hatte sie ihm ihre Pläne unterbreitet, hatte alles in schillernden Farben ausgemalt, geschwärmt, gesäuselt, gesummt, und er hatte nur gedacht: Völlig bescheuert, aber Gott sei Dank stinkreich. Nach ihrer Scheidung von dem bekannten Düsseldorfer Medienmanager war sie bestens versorgt und konnte nun ihren esoterischen Spinnereien völlig freien Lauf lassen.

Ein paar Verbotsschilder weiter tauchte das Anwesen auf. Ein riesiger alter Kasten mit einem Haupthaus und zwei Seitentrakten, erbaut in den Dreißigern. Ein bisschen Sandstein, ein bisschen Fachwerk, irgendwas zwischen Heimatschutzstil und neuer Sachlichkeit. Roch schon ein bisschen nach Nazizeit. Ob das das Richtige war, um bei Räucherstäbchenduft in seiner inneren Mitte rumzupuhlen? Ihm konnte es egal sein. Jedenfalls war es abgeschieden genug. Für vergeistigte Reikiheinis oder für bösartige Großgrundbesitzer.

Als Funke mit der Aktenmappe unter dem Arm auf das hölzerne Portal zuging, hatte er das Gefühl unter Beobachtung zu stehen. Irgendwo da drin war er. Der, den sie den »Fiesen Möpp« nannten. Der, über den jeder eine Gemeinheit zu erzählen wusste. Der, den sie alle in der Umgegend als brutalen, skrupellosen Choleriker kannten, mit dem man sich besser nicht anlegte.

Oswald Kroschek, das klang schon gewalttätig.

Funke hatte schon sehr früh gewusst, dass er sich bei diesem Deal etwas einfallen lassen musste, dass er hier mit den üblichen Tricks nicht weiter kam.

Das hier war gefährlich.

Es gab keine Klingel. Er musste mehrfach laut klopfen, und es verstrich eine geraume Zeit, bevor sich irgendwann im Inneren etwas tat.

Funke spürte, wie eine Gänsehaut über seinen Nacken kroch.

Er hörte, wie Schlüssel gedreht und Riegel zur Seite geschoben wurden.

Dann drehte sich der Türknauf, und Funke krampfte die Hände um seine Aktenmappe.

Die Tür öffnete sich einen Spalt, begleitet von einem leisen Quietschen.

Im Halbdunkel dahinter war zunächst nichts zu erkennen. Erst nach und nach wurde ein ängstlich aufgerissenes Augenpaar erkennbar.

»Guten Tag«, sagte eine dünne Stimme. Der Mann war wohl um die Vierzig, mager, hatte schütteres, hellblondes Haar und eine altmodische Brille. Er knetete nervös seine Finger und hatte eine Haltung inne, in der er auf eine sofortige Flucht vorbereitet schien.

»Funke. Von Funke Immobilien«, sagte Funke leutselig. »Ich hatte Ihnen mehrfach auf Band gesprochen.«

Über das Gesicht mit den nervös zuckenden Mundwinkeln huschte ein Ausdruck des Begreifens.

»Bitte hören Sie, ich habe es Ihnen doch bei unserem letzten Telefonat gesagt ...« Die Stimme zitterte, und die Augen suchten überall nach etwas, das sie anblicken konnten, um Funke nicht ins Gesicht sehen zu müssen.

»Aber wir *müssen* uns jetzt endlich unterhalten, Herr Kroschek!«

»Nein, wirklich, ich möchte nicht verkaufen, ich weiß ja auch gar nicht, wie Sie überhaupt darauf kommen, ich ...«

Der Türspalt verkleinerte sich wieder, und das erbärmliche Männlein dahinter murmelte jetzt nur noch unverständliche Worte.

»Aber die Summe, Herr Kroschek! So viel bietet man Ihnen nie wieder!«

Fast war die Tür schon zu. Kroschek war nicht mehr zu hören.

Das reichte jetzt! Funke hatte es im Guten versucht. Jetzt ging es in die nächste Phase!

»Schluss jetzt!« Funke stieß die Tür auf, trat entschlossen in die fast lichtlose Eingangshalle, und Kroschek wich angstvoll zurück. »Herr Kroschek, lassen Sie sich doch endlich belehren! Ich biete Ihnen die einmalige Chance, diesen muffigen alten Kasten zu viel, viel, viel, viel Geld zu machen!«

»Ja, aber ich will doch gar nicht ...«

»Bei dieser Kaufsumme *darf* man gar nicht Nein sagen!« Funke rupfte eine Klarsichthülle aus seiner Aktenmappe und hielt sie vor sich wie der Exorzist sein Kruzifix. »Ich gehe nicht, bevor Sie unterschrieben haben!« Er wurde laut. Er brüllte den kleinen Mann an. Vor einem wie Kroschek hatte er keine Angst. Vor einem wie dem *konnte* man doch gar keine Angst haben!

Die Vorbereitung dieses Geschäfts hatte Funke monatelange Arbeit gekostet. Er hatte Kroscheks Lebensgewohnheiten studiert, seinen Tagesablauf erforscht, seine Herkunft recherchiert. An seinem früheren Wohnort war er allen als liebenswerter, friedliebender Eigenbrötler bekannt gewesen. Als reizender Nachbar, als freundlicher Spaziergänger, als großzügiger Spender bei allen Vereinen. Und jetzt lebte er hier in diesem abseits gelegenen Gemäuer, frönte der Leidenschaft für antiquarische Bücher, sammelte Fossilien und hörte gerne Barockmusik.

Das alles hatte nicht zu Funkes Plan gepasst. Das musste geändert werden.

Funke hatte am Telefon die Stimme verstellt und fremde Menschen wüst angepöbelt und mit zotigen Schimpfkanonaden bombardiert. Er hatte in Kroscheks Namen falsche Bestellungen aufgegeben, Anzeigen erstattet, Streit verursacht, wo auch immer es sich anbot. Sogar Kroscheks Auto hatte er geklaut und damit mehrere Amokfahrten in der Umgegend zurückgelegt. Großmäulig hatte er allen Prügel angedroht, eine Hütte angezündet ... Ja, er hatte sogar einen Hund vergiftet!

Er würde dieses Haus nicht ohne die Unterschrift dieses blutarmen Jammerlappens verlassen!

»Hören Sie, Herr Funke, lassen Sie mir doch bitte Ihre Unterlagen hier, und ich verspreche Ihnen ...«

»Nein!« Er sprang auf Kroschek zu, packte ihn am Kragen seines karierten Hemds und schüttelte ihn. »Denken Sie doch mal nach, Mann! Da draußen sind jede Menge Leute, die es auf Sie abgesehen haben. Die nur darauf warten, Ihnen mal so richtig die Fresse polieren zu können!«

»Aber warum denn nur? Ich habe diesen Menschen doch gar nichts getan!«, winselte Kroschek.

»Das ist denen egal. Die wollen hier keine Fremden! Die hassen Sie, weil Sie anders sind als sie. Sie haben keine Zeit zu verlieren, Mann! Es wird nicht mehr lange dauern, und dann saufen die sich Mut an und kommen mit der Flinte hierhin!«

Er musste wieder an den Bauern von vorhin denken.

Kroschek flossen mittlerweile die Tränen über die bleichen Wangen. »Ich verstehe das alles nicht. Man schickt mir anonyme Drohungen, man ruft hier an und beschimpft mich. Die haben sogar ein paar Mal mein Auto geklaut und es dann mit Beulen wieder auf den Hof gestellt. Die kippen mir einfach Berge von Splitt vor die Tür ...«

Funke fuchtelte mit dem Vertrag herum. »Unterschreiben Sie, und Sie sind frei!«

Kroschek kauerte mittlerweile neben einem kleinen, wacklig aussehenden Kommödchen und biss auf seinen Fingernägeln herum. »Ich weiß nicht, ich will doch nur in Frieden mit allen ...«

»Das weiß ich! Aber das ist DENEN egal!« Funke deutete mit der Hand auf die halb offen stehende Tür. Und wie auf Kommando ertönten draußen Schritte auf dem Kies.

Der Bauer!

Kroschek fuhr panisch hoch und riss die Schublade des Kommödchens auf. Was er dann mit zitternden Händen zutage beförderte, ließ Funke die Haare zu Berge stehen.

»Ich habe Angst«, greinte Kroschek. »Bittebittebitte helfen Sie mir. Ich habe solche Angst vor diesen Leuten!« Ungenau richtete er jetzt den Lauf einer Pistole auf die Eingangstür.

Jemand klopfte. Es brandete wie Donnerhall durch den spärlich möblierten Raum. Durch den Türspalt war undeutlich ein Schatten zu sehen, der sich hin und her bewegte.

»Das ist der Bauer«, zischte Funke Kroschek ins Ohr. »Der große, brutale Typ. Der mit dem abgefackelten Schuppen.«

»Aber warum ist der denn überhaupt abgebrannt?« Kroscheks Finger fummelten am Abzug der Pistole herum. »Wer hat das getan? Warum hat jemand das getan? Ich verstehe das alles nicht.«

»Das galt Ihnen«, schrie Funke. »Verdammt, das war ein Zeichen für Sie! Als nächstes kommen die mit Feuer!«

Das Klopfen wurde lauter, fordernder.

Funke betrachtete fasziniert die Waffe in der Hand des zitternden Mannes. Das war die Lösung! So würde er ihn loswerden! Auf diese Weise würde Kroschek endlich den Weg frei machen!

»Schießen Sie schon! Los! Die machen Sie sonst fertig!«

Aber Kroscheks Körper wurde jetzt von einem trockenen Schluchzen geschüttelt. Statt abzudrücken, ging er langsam in die Knie und ließ die ausgestreckten Hände mit der Waffe darin sinken.

Funke riss die Pistole an sich und zielte auf die Tür.

Er schoss.

Einmal ... zweimal ... Er schoss so lange, bis das Magazin leer war.

Dann war es still.

Funke hielt den Atem an und lauschte, was geschah. Auch Kroschek hatte die Augen hinter den Brillengläsern weit aufgerissen und zitterte nun nicht mehr.

Gerade als Funke ein paar zaghafte Schritte auf die Eingangstür zu machte, schwang diese ganz langsam auf, und ein lebloser Körper kippte nach innen auf den Dielenboden.

Funke beugte sich nach vorne, noch immer die Pistole in der rechten Hand.

Im Hintergrund sah er nun mit weit ausholenden Schritten den Bauern über den Vorplatz auf das Portal zustiefeln.

Mit der Linken fasste Funke die Leiche bei der Schulter und drehte sie langsam um. Er fühlte seidiges Tuch und sah große, vornehmlich violette Blumenornamente. Er glaubte, einen Hauch Patschuli zu riechen.

Das Geschäft mit Frau Froelinghaus war soeben gestorben.

Neuanfang

VON CAROLA CLASEN

Nettersheim-Marmagen. Ferienhaus *Eifelglück.* Wohnküche, Schlafzimmer und Bad, Terrasse mit Blick ins Grüne. Idylle pur. Eine Gegend, in der man seine Haustür nicht abschließen muss.

Johan hat vor dem Haus geparkt, er hat heute seinen Weekend-Trolley dabei, den er in das rustikal eingerichtete Schlafzimmer zieht. Seufzend lässt er sich auf die Bettkante fallen. Es ist ein regnerischer Tag, genau so wie vor sieben Jahren, als er und Silvia zum ersten Mal hier waren.

Sieben Jahre ist es also her, dass sie sich in der Eifelklinik Marmagen begegnet waren. Johan Schlüter, der nach einem Autounfall ein schweres Schleudertrauma hatte, und Silvia Hold, die an einer chronischen Herzinsuffizienz litt. Ihre Blicke hatten sich im Speisesaal gefunden und nicht wieder losgelassen. Sie hatten einige Ausflüge und kleine Wanderungen unternommen, waren auch ein paar Mal abends ausgegangen, mit anderen Patienten – nie waren sie allein gewesen. Nach ein paar Tagen nahm er kurz ihren Arm, bevor er den Speisesaal verließ, und flüsterte ihr seine Zimmernummer zu. Er war sicher, dass sie nicht kommen würde. Es war weit nach Mitternacht, als sie in den zweiten Stock schlich und an seiner Tür klopfte. Er reagierte nicht, aber als sie die Klinke hinunterdrückte, gab die Tür nach. Er lag mit offenen Augen auf dem Rücken in seinem schmalen Bett und streckte ihr die Arme entgegen. Sie dachten, sie hätten nur diese eine Nacht, weil sie beide verheiratet waren. Vor dem Hellwerden verließ sie ihn. Und so ging es von nun an jede Nacht, bis Silvias Kur beendet war. Er blieb allein zurück, noch eine ganze Woche, und litt wie ein Hund. Erst zu Hause, als sein altes Leben wieder über ihn hereinbrach, traute er sich, Silvia eine SMS zu schreiben: *Ich kann dich nicht vergessen*. Sie antwortete sofort: *Ich kann ohne dich nicht leben*. Seitdem trafen sie sich einmal im Monat. Immer in Marmagen. Immer im Ferienhaus *Eifelglück*, von dem aus man am gegenüberliegenden Hang einen Flügel der Eifelklinik sehen konnte. Die Klinik war ein heiliger Ort für Johan und Silvia geworden. Ihren beiden Krankenkassen, die sie zur richtigen Zeit an den richtigen Ort geschickt hatten, würden sie ewig dankbar sein. Sie nahmen einen weiten Weg auf sich, um sich zu sehen. Johan reiste aus Köln an, Silvia aus Koblenz. Er gab einen Geschäftstermin vor; sie erzählte ihrem Mann, dass sie ihre Mutter besuchte. Obwohl er das Ferienhaus immer auf seinen Namen und für ein ganzes Wochenende buchte, blieben sie nur wenige hastige Stunden am Freitag. Nie hatten sie eine gemeinsame Nacht, nie frühstückten sie am nächsten Morgen zusammen. Aber sie gingen auch nie auseinander, ohne einen neuen Termin für ein Wiedersehen ausgemacht zu haben.

Johan blickt durch die hauchdünne Gardine und sieht den grauen Himmel hinter den verregneten Fensterscheiben und einige Fensterreihen der Eifelklinik. Während er sich fragt, welche traurigen, verirrten Seelen dort jetzt wohl auf Heilung warten, bindet er seinen Schlips auf und wirft ihn neben sich. Er streift die Schuhe von den Füßen. Den kleinen Koffer packt er nicht aus, er holt nur die Toilettentasche heraus und trägt sie ins Bad. Er zieht den Reißverschluss auf und sieht, dass er nicht vergessen hat, das kleine Gläschen einzupacken. Er hebt es hoch, hält es dicht vor die Augen, zählt nach, er hat schon hundert Mal nachgezählt, als könnte sich eine der kleinen weißen Tabletten, mit der sich Silvia – so der Plan – aus Verzweiflung das Leben neben soll, in der Zwischenzeit in Luft aufgelöst haben.

Ein Blick auf die Uhr. Er ist viel zu früh. Es dauert noch mehr als eine Stunde, bis Silvia kommt. Er ist nervös und läuft auf und ab. Heute ist kein Treffen wie die anderen. Heute ist alles anders. Es wird das letzte Mal sein. Das allerletzte Mal.

Er ist Silvia nicht überdrüssig geworden, wie könnte er auch! Sie ist sein Lebenselixier. Er trauert jetzt schon, dass er sie nie mehr wiedersehen wird. Dass diese aufregende Zeit für immer vorüber sein wird. Das ist ja das Schlimme. Er hasst sie nicht, er liebt sie. Wie soll er das Leben nur aushalten? Ohne sie? Eine Katastrophe! Aber ... es ist ihre Schuld! Sie ist unzufrieden gewor-

den, will mehr von ihm, will mehr Zeit mit ihm verbringen. Einmal neben ihm aufwachen, mit ihm frühstücken, einen ganzen Tag und eine ganze Nacht
zusammen sein. Sie will mit ihm verreisen. Sie hat einfach die Nase voll von diesen heimlichen Treffen. Beim
letzten Mal verlangte sie sogar, dass er sich scheiden
lassen, dass er reinen Tisch machen, dass er sich entscheiden solle. Für sie.

»Wenn du es ihr nicht sagst, dann sage ich es ihr«,
hatte Silvia gedroht.

Nach diesem Satz war Johan wie gelähmt gewesen
und hatte gewünscht, er wäre tot. Aber es kam noch
schlimmer. Als er nach Hause kam, stellte seine Frau
Rosi ihn zu Rede. Er war nachlässig gewesen und hatte
das Ferienhaus mit seiner privaten Kreditkarte bezahlt,
weil er die Geschäftskarte vergessen hatte. Rosi hatte
die Abrechnung gefunden. Was hatte er in Nettersheim
zu tun gehabt, wollte sie wissen. Ausgerechnet in Nettersheim. Einem Nest in der Eifel? Welche Geschäfte
sollten das denn um Gottes Willen sein?

Mit rasendem Herzschlag suchte er nach einer Ausrede. Es konnte sich nur um eine Fehlbuchung handeln,
gab er vor, er werde sich sofort mit der Bank in Verbindung setzen und die Sache aufklären. Ein Irrtum, was
sonst? Natürlich war er nicht dort. Was sollte er auch
da? Johan war dankbar, dass Rosie vergessen zu haben
schien, dass er dort in Kur gewesen war.

Nun ist er wieder hier, im Ferienhaus *Eifelglück*. Zum
letzten Mal. Dieses Mal wird alles anders sein. Dieses
Mal werden sie über Nacht bleiben, hat er Silvia ver-

sprochen. Der Zeitpunkt ist gut gewählt. Rosi übernachtet bei einer Freundin, die erkrankt ist und nicht allein sein will. Rosi wird es nicht herausbekommen. Aber was, wenn ...? Langsam sinkt er in die Kissen und schließt die Augen. Angst sitzt hinter den Augenlidern. Angst vor Silvia und vor sich selbst. Angst, dass er sich nicht traut, dass er im letzten Moment nachgibt, dass er dann in Teufels Küche kommt, dabei will er doch auf keinen Fall Rosi verlieren. Auf keinen Fall seine Frau. Er kennt sie schon über zwanzig Jahre, ein halbes Leben. Sie haben ein Haus, sie haben Kinder, sie werden eines Tages Enkelkinder haben.

Er hört ein Auto über den Feldweg näherkommen und vor dem Haus parken. Er fährt hoch und blickt auf die Uhr. Silvia kommt viel früher als sonst. Er läuft zur Haustür, reißt sie auf, aber es ist nicht Silvias Auto.

Es kann nicht Silvias Auto sein, denn Silvia macht, bevor sie zum Ferienhaus fährt, einen Abstecher hinauf zur Görresburg zum Matronenheiligtum. So wie jedes Mal, bevor sie Johan trifft. Auf einen Besuch bei diesen weisen Frauen vergangener Jahrtausende kann sie nicht verzichten. Gerade heute nicht. Sie haben ihr bisher stets einen guten Rat mit auf den Weg gegeben. Und heute kann sie einen Rat besonders gut gebrauchen. Im Handschuhfach liegt eine Pistole, die sie sich besorgt hat, um die Sache mit Johan zu beenden. Noch ist es Zeit. Noch hat ihr Mann Peter nichts von ihrem Seitensprung bemerkt.

Silvia parkt am Naturzentrum Eifel in Nettersheim und geht den Weg zur Tempelanlage zu Fuß, im

Gepäck die Opfergabe für die Matronen. Sie ignoriert den Regen und beschleunigt ihren Schritt. Atemlos erreicht sie die Anhöhe und findet das Areal menschenleer.

Vor dem mittleren der drei Weihesteine fällt sie auf die Knie und legt ihre Opfergabe – eine Münze – vor sich ins Gras. Dieses 1-Euro-Stück ist das erste Geschenk, das sie von Johan bekommen hatte, als sie in der Klinik am Kaffeeautomaten kein Kleingeld hatte. Diese Münze ist ein Symbol ihrer Liebe. Auch andere vor ihr haben den drei weisen Frauen ihre Opfer gebracht. Früchte und Blumen liegen an die Steine gelehnt.

Silvia muss ihre Fragen nicht aussprechen, sie legt die offenen Hände auf die Oberschenkel, schließt die Augen und konzentriert sich auf ihren Atem und den Augenblick, offen und empfänglich für die Energie, die die Junge Frau, die Mutter und die Alte Frau – Sinnbilder für die Stationen weiblichen Lebens – verströmen.

In der Ferne das Rauschen der Autobahn, aus den Wolken der Schrei eines Vogels. Dünne Regentropfen segeln auf Silvia herab, und ein leichter, kühler Wind umweht sie, während die Botschaften der weisen Frauen sich ihren Weg zu Silvias Seele suchen und schließlich erreichen.

Er ist in großer Gefahr, in Lebensgefahr!, mahnt die Alte Frau
Aber für dich ist es gut und richtig!, weiß die Junge Frau
Ein Neuanfang!, prophezeit die Mutter, *fürchte dich nicht!*
Silvia erschrickt trotzdem und rappelt sich auf. So deutlich und so eindeutig sind die Matronen noch nie geworden! Sie lassen ihr praktisch keine Wahl. Mit zit-

ternden Fingern legt sie der Jungen Frau die Münze in den Schoß, weil sie sich ihr noch am nächsten fühlt, faltet die Hände kurz vor der Brust und bedankt sich mit einer Verbeugung.

Dann läuft sie den Weg zurück. Insgeheim hat sie gehofft, dass die Matronen ihr eine andere Lösung vorschlagen, als zur Pistole zu greifen. Eine nasse Haarsträhne fällt ihr in die Stirn. Sie stolpert, fängt sich wieder, rennt weiter.

Eine Besuchergruppe kommt ihr entgegen. Sie tragen Schirme und Kapuzen.

»Ist es noch weit?«, ruft eine der Frauen.

Aber Silvia hat keine Zeit zu antworten.

Vor dem Naturzentrum in Nettersheim springt sie in ihr Auto und fährt zum Ferienhaus. Sie weiß nicht, woher die Eile kommt, die sie antreibt. Als sie in Marmagen auf dem kleinen Zuweg um die Ecke biegt, sieht sie nicht nur Johans Auto vor dem Haus stehen, sondern auch ein zweites mit einem Kölner Kennzeichen. Sie lässt den Wagen einige Meter zurückrollen und parkt hinter einem Busch. Dann öffnet sie das Handschuhfach und greift ohne hinzusehen hinein. Aber die Pistole ist nicht mehr da. Sie reißt ihre Hand zurück, als hätte sie sich verbrannt. Entsetzt starrt sie in das leere Fach. Nach einer Weile steigt sie langsam aus und geht auf das Haus zu. Die Tür steht offen, kein Laut dringt heraus. Silvia geht auf Zehenspitzen durch den Flur, hält auf der Schwelle zum Wohnzimmer inne und weicht zurück, als sie das Blutbad auf dem Boden sieht. Im gleichen Augenblick klingelt ihr Handy. Mit mechanischer Handbewegung nimmt sie das Gespräch an.

»Ja?«, fragt sie tonlos, während sie auf die beiden Toten starrt.

»Lebwohl«, sagt Peter an Silvias Ohr. Er ist kaum zu verstehen. Die Verbindung ist schlecht.

»Was sagst du?«, fragt sie tonlos.

»Lebwohl! Ich habe dir immer gesagt, dass ich dich verlasse, wenn du mich betrügst.«

Klack. Das Gespräch ist beendet. Sie lässt das Handy fallen. Es knallt auf den Holzboden, wo sich Blutspuren und Fußabdrücke vermischt haben.

Der tote Mann zu ihren Füßen ist Johan. Er liegt auf dem Rücken. Mitten in seiner Stirn klafft ein Loch, ein blutiges Loch. Seine Augen sind starr, seine Hände blutverschmiert, seine Beine sind gespreizt.

Die Frau an seiner Seite muss Rosi sein. Silvia hat einmal kurz ein Foto von seiner Ehefrau gesehen. In ihrer Brust steckt ein Messer. Blut quillt hervor, auch aus ihrem Mund. Ihre Haut ist weiß wie Sand. Die Haare kleben an ihrer Stirn. Neben ihr liegt Silvias Pistole.

Sie schnappt nach Luft, greift sich an die Brust und unterdrückt einen Schrei, obwohl sie hier in der Einöde niemand schreien hören würde. Sie lauscht und blickt umher, ohne sich zu rühren.

Dann bückt sie sich langsam und greift nach der Pistole und auch nach ihrem Handy, bevor sie auf Zehenspitzen das Haus verlässt und zu ihrem Auto zurückkehrt.

Ein schwerer Unfall auf der A 1 in Höhe Bad Münstereifel verursacht einen langen Stau, und Silvia bleibt reichlich Zeit darüber nachzudenken, was nun werden wird. Das Leben mit Peter war nicht schlecht gewesen.

Vielleicht ein bisschen langweilig. Nie hätte sie ihm zugetraut, dass er für sie einen Menschen umbringt. Wenn er sie so sehr liebt, dann kann sie vielleicht noch mit ihm reden. Vielleicht – falls die beiden Morde nicht aufgeklärt werden – könnten sie ... ist das womöglich ein Neuanfang?

Aber als Silvia endlich an der abgesperrten Unfallstelle vorbeikommt, sieht sie, dass es Peters Auto ist, das zerquetscht und wie eine Ziehharmonika zusammengefaltet gerade noch unter dem LKW zu erkennen ist.

Stein oder nicht Stein

VON ERIKA KROELL

Bisschen klein, aber doch recht hübsch.

Der kleine Schieferhaufen, den ich zu einem Blumenkübel aufgeschichtet habe, macht sich in meinem eher rustikalen Garten recht gut, finde ich. Allerdings, das sehe ich gleich, werde ich noch mal losziehen und mehr Schiefer holen müssen. Ein Kübel allein sieht doch ein bisschen verloren aus.

Ich pflanze den kleinen Farn, den ich aus einem der Kellerschächte gerettet habe, mitten in den Kübel und wässere ihn ausgiebig. Da schießt etwas knapp an meinem Kopf vorbei und landet vor mir im Gras. Ein faustgroßer weißer Stein, wie sie – ich drehe mich um – im Vorgarten meines Nachbarn ihren mehr oder weniger dekorativen Dienst tun.

Er steht hinter seiner akkurat geschnittenen Thuja-Hecke und grinst hämisch.

»Vielleicht können Sie den gebrauchen«, ruft er, »wo Sie doch jetzt Steinschrott in den Garten schleppen.«

Mit etwas Mühe wuchte ich mich hoch. Mir ist ja schon lange klar, dass meine eher freimütige Art der Gartengestaltung seinem Ordnungssinn erheblich entgegensteht. Doch das – ich wiege den Stein in meiner Hand – das geht doch entschieden zu weit. Langsam durchquere ich den Garten, bis ich, nur durch die Hecke getrennt, dicht vor ihm stehe.

»Pass mal auf, du seniler alter Idiot«, sage ich leise. »Wenn du mir noch einmal blöd kommst, schlage ich dir mit diesem Stein deinen hässlichen Schädel ein.«

Seine Kinnlade klappt herunter, und er schnappt nach Luft, bekommt aber kein Wort heraus.

Ich werfe den Stein in die Luft und fange ihn wieder auf.

»Und dann feiern wir ein Nachbarschaftsfest, und deine Frau wird für uns alle Kuchen backen.«

»Sie ... Sie ...«, stammelt er. Ich grinse ihn an. »Ich ... zeige Sie an. Wegen Beleidigung, Morddrohung. Das ... das wird Ihnen noch leidtun.«

Ich drehe den Stein vor seinem Gesicht hin und her. »Meinen Sie? Wer wird einem alten verblödeten Sack wie Ihnen wohl glauben?«

Dann wende ich mich ab und spaziere pfeifend zu meinem kleinen Steinkübel zurück.

Hinter meinem Rücken höre ich die Tür des Nachbarhauses zuschlagen und das empörte Geschrei, mit dem er seiner Frau von meiner schändlichen Tat berichtet. Wie diese arme, nette Person nur mit diesem Widerling leben kann. Das frage ich mich nicht zum ersten Mal. Jedes Wort, das er an sie richtet – von Gesprächen kann bei den beiden keine Rede sein – ist voller Häme und

Demütigung. Er macht sie vor den Nachbarn lächerlich, wo er nur kann, und keiner in der ganzen Siedlung findet noch ein gutes Wort für ihn.

Sein Geschrei ist inzwischen verstummt. Vermutlich hämmert er jetzt auf seine Schreibmaschine ein und formuliert eine wortgewaltige Anzeige, die natürlich im Nichts verlaufen wird. Idiot, denke ich. Mach dich auch noch bei der Polizei lächerlich.

Zu meiner Überraschung höre ich wieder die Haustür schlagen und wende mich um. Da steht seine Frau, Dora, mit verschränkten Armen über der blaugeblümten Kittelschürze und starrt zu mir herüber. Ich bin gespannt, was nun folgen wird: Weitere Beschimpfungen oder Drohungen? Nein, nichts dergleichen. Dora steht einfach nur da und sieht mich an. Ganz still.

Ein paar Tage später fällt mir auf, dass der alte Depp jedes Mal in Stellung geht, wenn der Postbote seine Runde macht. Schließlich wird mir der Grund seines Interesses zugestellt: Ein Anhörungsbogen der Polizei. Ich trete vor die Tür und winke ihm mit den beiden Briefbögen zu. Er schnaubt und rauscht ab.

Mit leichter Feder leugne ich, jemals irgendwelche bösen Worte an meinen Nachbarn gerichtet zu haben und lasse im Subtext einfließen, dass ich nicht als Einzige in der Nachbarschaft gelegentliche Zweifel an der Funktionalität seines Verstandes hege.

Schon jetzt freue ich mich auf seine Reaktion, wenn ihn in einigen Wochen die Mitteilung erreicht, dass die Staatsanwaltschaft den Fall mangels öffentlichen Interesses eingestellt hat.

Das Leben in der Nachbarschaft geht seinen üblichen Gang. Hin und wieder höre ich den alten Tuppes schreien. Einmal fliegt sogar ein Kuchen durch die Haustür auf die Straße und bleibt als zermatschtes Blaubeer-Bisquit-Häufchen liegen. Auch Dora sehe ich hin und wieder, wenn sie vertrocknete Blüten schneidet oder Unkraut zupft. Zweimal winkt sie mir schüchtern und nur sehr kurz zu. Derweil werden meine kleinen Steinbeete immer zahlreicher.

Ich brauche Nachschub. An einem angenehm kühlen Sommermorgen schultere ich meinen Rucksack und marschiere los in Richtung Steinbruch. Der Schieferabbau ist hier schon lange eingestellt, doch am Fuß der glatten Felswände liegen noch jede Menge kleinerer Schieferstücke, die für meine Zwecke genau richtig sind. Leider kann man den Steinbruch hinter Walporzheim nur zu Fuß erreichen, sodass meine Ausbeute jedes Mal relativ gering ist, weil ich sie nach Hause schleppen muss. Andererseits konnte sich die Natur dadurch wieder erholen, und so ist ein hübscher Waldweg entstanden, und über die Höhe der Felsen zieht sich ein Wanderweg, der zum Ahrsteig führt.

Bald ist mein Rucksack voll, und ich setze mich auf einen Baumstumpf, um auszuruhen und einen Schluck Wasser zu trinken. In den Bäumen ringsum zwitschern die Vögel, der Himmel ist klar und blau, und es scheint ein wundervoller Sommertag zu werden. Gerade will ich meinen Rucksack schultern, da höre ich nicht weit entfernt das Geprassel von Steinen, die den Hang hinabrutschen. Ich laufe hin, um zu sehen, ob ich nicht noch ein paar besonders schöne Exemplare für meine

Beete ergattern kann. Schon von Weitem sehe ich, dass da mehr als nur Schieferstücke den Felsen hinabgerutscht sind. Ein Mensch liegt am Fuß der Felswand, bedeckt von Steinen, doch deutlich zu erkennen. Als ich den Mann ansehe, muss ich mich erst einmal setzen. Er blutet aus mehreren großen Schrammen im Gesicht, doch ich sehe sofort, dass es sich um meinen jetzt nicht mehr ganz so unerfreulichen Nachbarn handelt. Ich taste am Hals nach seinem Puls und spüre gar nichts. Zum Glück, denn ich bin nicht sicher, wie ich auf ein Lebenszeichen reagieren würde. Aber er ist eindeutig tot, und das entbebt mich jeder Anwandlung von Nächstenliebe, die eventuell zu Wiederbelebungsmaßnahmen oder einem Anruf bei der Polizei führen würde.

Was hat er nur hier gewollt?

Ich blicke die Felswand empor bis zu der Stelle, wo ich den Wanderweg vermute. Nichts regt sich dort oben. Also war er vermutlich allein unterwegs. Vielleicht hat er mich verfolgt. Wollte mir womöglich von oben einen Felsen auf den Kopf werfen. Wer weiß, was in seinem dösigen Schädel so vor sich ging.

Ich gehe zu meinem Rucksack zurück und trinke noch einen Schluck Wasser, während ich überlege, was zu tun ist. Natürlich müsste ich die Polizei rufen, das ist mir klar. Doch dann werde ich in die Untersuchung seines Todes verstrickt, und da ist mir allein der Gedanke schon furchtbar lästig. Wenn ich ihn liegen lasse, werden andere Spaziergänger ihn finden, und fertig.

Noch bin ich nicht ganz von meiner lockeren Theorie überzeugt, deshalb grabe ich in meinem Rucksack nach dem Flachmann, den ich für alle Fälle immer dabei habe, und trinke einen großzügigen Schluck. Was, wenn mich auf dem Weg zum Steinbruch jemand gesehen hat? Die Todeszeit wäre leicht festzustellen, und dann würde ich erklären müssen, warum ich den Unfall nicht gemeldet habe. Zu blöd aber auch.

Ich trinke noch einen Schluck und überlege hin und her, da kommt mir die Natur zu Hilfe. Mit einem weiteren lauten Geprassel rutscht eine regelrechte Schieferlawine den Hang hinab, vermutlich gelockert durch den Körper, der kurz zuvor daran entlanggerauscht ist. Sie begräbt den Leichnam des lieben Verstorbenen vollständig wie in einem Hünengrab. Das macht mir die Entscheidung leicht. Ich schnappe also meinen Rucksack und gehe nach Hause.

Im Laufe des Tages setze ich einen weiteren Schieferkübel zusammen und werfe immer wieder mal einen Blick zum Nachbarhaus hinüber. Von ihm ist logischerweise nichts zu sehen, aber auch Dora setzt keinen Fuß vor die Tür. Entweder ist ihr noch nicht aufgefallen, dass niemand da ist, um sie anzuschreien, oder sie genießt einfach die Stille, so lange sie dauert.

Ein paar Tage lang bleibt alles ruhig, und ich wundere mich sehr. Dass niemand aus der Nachbarschaft den Kerl vermisst, ist ja in Ordnung. Aber auch Dora scheint noch nicht aufgefallen zu sein, dass ihr geliebter Gatte nicht mehr nervt. Sehr seltsam. Nach knapp einer Woche schließlich hält ein Streifenwagen vor Doras Tür, und zwei Uniformierte begehren Einlass. Nach einer Weile treten sie wieder auf die Straße und sehen sich um. Ich beschäftige mich angelegentlich mit meinen Pflanzen, doch das rettet mich nicht. Sie rufen und winken mich zu sich an die Hecke. Dora steht mit verschränkten Armen und fest zusammen gekniffenen Lippen hinter ihnen.

Wann ich denn den Nachbarn zum letzten Mal gesehen habe, wollen sie wissen. Ich denke nach und entscheide mich für einen Mittwoch vor zehn Tagen. Auf meine Frage, was denn los sei, berichten sie, die Skatbrüder des Nachbarn hätten ihn bei der wöchentlichen Runde vermisst. Seine Frau sagt, er sei verreist, aber bei den Verwandten in Adenau sei er nicht angekommen. Kurzum: er werde vermisst. Ob ich etwas von seinen Reiseplänen gewusst habe?

Ich blicke Dora an, die mich ihrerseits anstarrt, als wolle sie mich hypnotisieren. Ich nicke. Ja, bei unserem letzten netten Schwätzchen über die Hecke hinweg habe er mir davon erzählt, berichte ich. Voller Vorfreude sei er gewesen, und so weiter, und so weiter …

Die Polizisten geben sich damit zufrieden und verschwinden.

Doras Lippen verziehen sich zu etwas, das bei geübteren Menschen vielleicht ein Lächeln geworden wäre. Sie winkt schüchtern und verschwindet ebenfalls.

Die nächsten Tage überlege ich, auf was ich mich da eingelassen habe. Könnte womöglich irgendwie herauskommen, dass er gar nicht verreisen wollte? Kaum, wenn Dora an dieser Geschichte festhält. Aber warum erzählte sie überhaupt so etwas? Vielleicht wollte er ja tatsächlich verreisen, und sein Abstecher zum Steinbruch … Nein, das ist Quatsch. Die einzige einleuchtende Erklärung ist, dass Dora genau weiß, wo ihr Liebling ist, und keinen Wert darauf legt, dass er gefunden wird. Und daraus folgere ich messerscharf, dass sie ihn dorthin befördert hat.

Das wiederum bedeutet, dass Dora und ich nun Komplizen sind. Sie vertraut mir offensichtlich, also muss ich ihr zwangsläufig auch vertrauen. Wir sind jetzt sowas wie ein Gespann. Vielleicht können wir sogar Freundinnen werden. Mal ein Käffchen zusammen trinken oder im Garten plaudern. So was halt. Wär doch nett. Ich nehme mir vor, morgen oder übermorgen mal bei ihr anzuläuten und das in Gang zu bringen.

Doch sie kommt mir zuvor. Noch am selben Abend, als es schon dunkel ist, klopft sie an meine Terrassentür. Ich öffne, und sie drückt mir eine Tupperdose in die Hand, haucht nur »Danke« und verschwindet im dunklen Garten. Verblüfft trage ich die Dose in die Küche. Sie ist bis zum Rand gefüllt mit Nudelsalat, und nach der ersten Gabel weiß ich, dass ich noch niemals einen köstlicheren gegessen habe. In Gedanken bereichere ich unsere zukünftige Freundschaft um gemeinsame Abendessen.

Ich gieße mir ein Glas Rosé ein, trage meine Beute zur Couch und lasse es mir schmecken. Tatsächlich schaffe ich die ganze riesige Portion, während ich darüber sinniere, durch welche ungewöhnlichen Umstände Menschen zusammenfinden können. Eben noch waren wir uns völlig fremd, jetzt sind wir auf dem besten Weg, Freunde fürs Leben zu werden. Schon verrückt. Der Teller ist leer, doch ich fürchte, das war etwas zu viel. In meinem Magen breitet sich plötzlich ein Ziehen aus, ein stechender Schmerz. Ich glaube, ich muss mich übergeben. Mühsam rappele ich mich von der Couch hoch und wanke zum Bad. Das Zimmer dreht sich. Was ist nur los? Dora wird doch nicht ... Ich dachte, sie vertraut mir ... Wir wollen doch Freunde ...

Neujahrsmorgen

VON HANS JÜRGEN SITTIG

Ein Neujahrsmorgen, Jogger hinken,
Und manche fast zusammensinken.
Doch Müller hat's mit letzter Kraft
Noch bis ins eigne Haus geschafft

Gerade heut ist Feiertag,
etwas, das Müller gar nicht mag.
Büroalltag – Finanzgeschäfte,
Das motiviert ihn, gibt ihm Kräfte.

Auch jetzt zieht's ihn an den PC,
Doch tun ihm noch die Glieder weh.
Drum lässt er schnell ein Bad sich ein
Und legt sich dann ins Wasser rein.
Er spürt, wie Wärme ihn durchdringt,
fühlt sich so gut, dass er fast singt.
Doch etwas bremst ihn: Seine Frau –
Die macht ihm sein Gemüt ganz grau.

Zu dumm, dass er an sie geriet.
Sie nervt ihn, wenn er sie nur sieht,
Sodass Begegnung er vermeidet,
Worunter sie schon lange leidet.

Ihr großer Traum war bald verflogen,
Nachdem sie einst nach Daun gezogen.
Denn er war launisch und gemein,
Das Leben wurde ihr zur Pein.

Das machte sie grad so verdrossen,
Dass sie erst neulich hat beschlossen,
Zu lindern ihre ärgsten Sorgen,
Und zwar an diesem Neujahrsmorgen.

Die Pillen waren ziemlich teuer,
Selbst ohne eine Mehrwertsteuer.
Doch sind sie sehr beliebt bei Mördern,
Um rasch ins Jenseits zu befördern.

Frisch presst sie Saft, so wie er's liebt,
In den sie dann noch Zucker gibt.
Schnell lösen sich dann auch die Pillen,
Die ihn wahrscheinlich sehr bald killen.

Er spricht ganz leis in süßem Ton
Ganz zärtlich in sein Telefon,
Und flirtet heiß mit der Geliebten.
Er fühlt im Himmel sich – im siebten.

Doch dann – es ist ja wirklich schade –
Da wird's ihm doch zu kalt im Bade.
Und so verlässt er das Gewässer,
Im Bademantel geht's ihm besser.

Nun will er schnell das Haar noch föhnen
Und wieder seinen Zahlen frönen.
Da klopft sie draußen an die Tür,
Doch findet sie so kein Gehür

Er föhnt und schneidet Nasenhaare –
Noch zehn Sekunden bis zur Bahre.
Die Schere fällt ihm aus der Hand,
Er bückt sich tief am Wannenrand

Frau Müller öffnet jetzt die Tür.
Ihr fehlt es völlig an Gespür,
Wie wenig es dem Gatten passt,
Dass ihn von hint die Tür erfasst.

Zu dumm, dass einem nasse Fliesen
Ganz gerne mal den Tag vermiesen.
Er rutscht und landet volle Kanne
im Wasser seiner Badewanne.

Der Föhn verstummt, so auch der Mann,
Was seine Frau kaum fassen kann.
Er dümpelt still in seinem Bade,
Nach draußen hängt nur eine Wade.

Sie gießt nun rasch den Trank ins Klo
Und ist erleichtert und ganz froh
Und denkt, mit Blick auf ihren Mann:
Das Jahr fängt wirklich ganz gut an!

Tiefe Abgründe

VON STEFAN BARZ

Ich hätte mich am liebsten unerkannt von Thomas entfernt, aber er hat mich auf dem Friedhof gleich erkannt und zu einem Spaziergang eingeladen. Wie lange habe ich ihn nicht gesehen? Es muss wohl über 30 Jahre her sein. Musste denn erst unser gemeinsamer Schulfreund Jörg an einem Tumor sterben, damit sich unsere Wege wieder kreuzen? Ich kann es Thomas nicht verübeln, dass er mich so lange gemieden hat. Schließlich habe ich ihn damals für einen Mörder gehalten – und vielleicht glaube ich heute immer noch, dass er es war. Ich nehme die Einladung an, und wir beide spazieren durch das Waldgebiet zwischen Mechernich und Kommern. Der Weg führt zu einem weiträumig eingezäunten Gelände, und allmählich ahne ich, wohin mich Thomas führen will. Zwischen hohen Bäumen und dichten Sträuchern schneidet uns schließlich ein Stacheldraht abrupt den Weg ab. In Sichtweite hinter der Absperrung klafft ein großer Abgrund: Es sind die Schluchten des Griesbergs, und mir wird schwindelig, wenn ich runtersehe. Ich hatte ganz vergessen, dass es solche tiefen Abgründe in Mechernich überhaupt gibt, denn seit ich nach dem Abitur in die Großstadt gezogen bin, komme ich nur noch selten in die Eifel.

»Erinnerst du dich? Hier war es«, sagt Thomas.

»Nein, ich erinnere mich kaum«, antworte ich, und das ist die Wahrheit. So vieles aus der Kindheit vergisst man einfach. Mein Blick wandert über das Gelände, und plötzlich erblicke ich ihn: den *Elefantenkopf!* So heißt ein markanter Felsen an der Schlucht. Man braucht nicht viel Fantasie, um in der Felsenform den Kopf eines Elefanten zu erkennen: An den Seiten sind Einbuchtungen, die wie große Augen aussehen, und nach unten wird der Felsen schmal wie ein Rüssel. Zwischen Kopf und Rüssel befindet sich ein Höhleneingang. Obwohl ich weiß, dass es kindisch ist, flößt mir dieses steinerne Tier auch heute noch Angst ein.

Plötzlich setzen sich bei seinem Anblick die fast vergessenen Bilder in meinem Kopf wie von selbst zu einer Geschichte zusammen. Zu der Episode an jenem Abend, an dem Thomas, Jörg und ich in der Wildnis zelten wollten und etwas Schreckliches geschah. Wir waren damals zwölf Jahre alt und hielten zusammen wie die drei Musketiere. Es war Thomas' Idee gewesen, an jenem Sommertag auf der Wiese in der Nähe vom Altusknipp und den Griesbergschluchten zu übernachten. Unsere Eltern waren damit einverstanden. Schließlich hatten wir Sommerferien. Wir waren keine kleinen Kinder mehr und alt genug, eine Nacht im Freien zu schlafen. Außerdem sollte es bald nicht mehr selbstverständlich sein, dass wir so viel Zeit zusammen verbringen würden, denn Jörg sollte für einige Wochen in Kur gehen, weil er die Scheidung seiner Eltern nicht verkraftete, hieß es. Seit sein Vater ausgezogen war, war er öfter als früher durch gelegentliche Ausraster aufgefallen.

Wir tobten ausgelassen durch den Wald. Dieser Sommerabend hätte ewig dauern können, das wäre uns nur recht gewesen. Es war der vielleicht heißeste Tag des Jahres. Der Wetterdienst hatte ein Gewitter angekündigt, was uns aber nicht weiter beunruhigte. Unser Zelt hatten wir blitzschnell aufgebaut, denn wir waren ein gut eingespieltes Team. Dann liefen wir durch den Wald, um Holz für unser Lagerfeuer zu sammeln. Zwischen uns lief Ada, Thomas' Labrador-Hündin. Ada war ein liebes, verspieltes Tier mit fast menschlichen Gesichtszügen. Ich war ganz vernarrt in sie und wünschte mir auch einen Hund, aber meine Eltern mochten keine Tiere.

Natürlich war es Jörg, unser Draufgänger, der als erster durch ein Loch im Drahtzaun zu den Griesbergschluchten kroch. Es war wegen der Absturzgefahr strengstens verboten, hinter dem Zaun herumzulaufen, und ich hielt mich normalerweise auch daran. Die Felswände führten steil nach unten, zig Meter ging es in die Tiefe. Brennholz hätten wir natürlich auch überall im Wald finden können, aber es war ein besonderer Nervenkitzel, im verbotenen Gebiet zu suchen. Die Wege am Abgrund waren zum Teil sehr schmal. Es konnte wirklich lebensgefährlich sein, hier zu spielen. Wir gingen rüber zum Elefantenkopf, aber ich blieb nicht lange dort. Ich war der Feigling unter den Musketieren. Weil

Thomas und Jörg noch an einer Stelle am Elefantenkopf herumklettern wollten, die mir zu gefährlich war, bot ich ihnen an, schon mal vorzulaufen und das Holz zum Lagerplatz zu bringen. Ich bückte mich, um zwischen den Drähten des Zaunes hindurch auf die sichere Seite zurückzuklettern, da spürte ich plötzlich von rechts einen harten Schlag gegen meine Rippen. Das Holz fiel mir aus der Hand, und ich kippte vornüber auf den Boden. Als ich mich umdrehte, sah ich Lennart Heinze, der mit verschränkten Armen über mir stand und sich seine rote Haarsträhne aus dem Gesicht wischte.

»Was willst du hier, du Spasti?«, fauchte er mich an. Ich blickte zu ihm hoch und wusste sofort, dass er keinen Spaß machte. Er sah mich hasserfüllt an, obwohl ich nicht wusste, woher er mich überhaupt kannte. Ich meinerseits war Lennart Heinze bisher noch nie begegnet, wusste aber eine Menge über ihn: Er war zwei Jahre älter als wir, und er konnte jeden einschüchtern. Alle hatten Angst vor Lennart Heinze. Er hatte keine Freunde. Er hatte auch keine Mutter, und sein Vater hasste ihn. Jeder kannte die üblen Gerüchte über Lennart. Etwa, dass er immer ein Springmesser bei sich trug und auch den ein oder anderen Jungen schon mal damit bedroht hatte. Unzähligen Jungen aus Kommern und Umgebung sollte er schon Zähne ausgeschlagen oder Knochen gebrochen haben. Von vielen anderen Kindern, die er verschont hatte, bekam er regelmäßig Geld, damit er sie in Ruhe ließ. Außerdem sollte Lennart mal eine Katze angezündet haben. Nur zum Spaß. Ich hatte nie gedacht, dass ein Junge, ein Kind, so durch und durch böse sein konnte.

138

»Antworte mir gefälligst! Was hast du hier zu suchen, du Missgeburt?«, wiederholte er und gab mir einen heftigen Tritt. »Du fragst mich das nächste Mal um Erlaubnis, ob du dich hier rumtreiben darfst, verstanden?«

Ich war so eingeschüchtert, dass ich kein Wort herausbekam.

»Lass ihn in Ruhe«, rief Jörg plötzlich von weitem.

»Na, kommt da dein Babysitter?«, grinste Lennart nur und trat nun noch fester als vorher auf mich ein. Ich lag immer noch auf dem Boden, und diesmal rammte er seinen Fuß direkt in meinen Bauch. Ich weinte und krümmte mich vor Schmerzen. Ada knurrte aus sicherer Entfernung, war aber zu gutmütig, um Lennart anzugreifen.

»Aufhören!«, wimmerte ich. »Aufhören!« Ich muss mich erbärmlich angehört haben. Doch bevor Lennart weitermachen konnte, attackierten Jörg und Thomas ihn plötzlich mit Steinen, die ihn so zielsicher trafen, dass er sofort die Flucht ergriff und zwischen den Bäumen so schnell verschwand, wie er gekommen war.

Thomas und Jörg kamen zu mir gerannt und halfen mir auf die Beine.

»Kommt der wohl wieder?«, fragte Thomas schließlich.

»Ich glaube nicht. Ich denke, wir haben's diesem Schwachkopf gezeigt«, antwortete Jörg und klopfte mir auf die Schulter. »Alles klar, Michael?« Ich nickte, und Jörg schlug vor, dass wir uns den Abend nicht verderben lassen sollten. Ich wischte mir die Tränen aus dem Gesicht und nahm mir fest vor, sofort zu vergessen, was geschehen war.

Zurück am Zeltlager, genossen wir den weiteren Abend. Wir zündeten das Lagerfeuer an, grillten Würstchen und Kartoffeln, erzählten uralte Kinderwitze und die ersten dreckigen Witze dazu und konnten uns vor Lachen nicht mehr halten. Ada lag zwischen unseren Füßen, atmete ruhig und genoss unsere Gesellschaft. Das Feuer knisterte geheimnisvoll. Wir waren albern und fühlten uns dabei frei und ein wenig erwachsener als sonst, wir spürten das feste Band der Freundschaft zwischen uns, und die Luft roch nach einem Abenteuer, um das uns andere beneiden würden. Es war etwas ganz Besonderes, mitten in der Nacht so weit weg vom Dorf am Lagerfeuer zu sitzen. Niemand machte uns an diesem Abend Vorschriften, wir konnten tun und lassen, was wir wollten. Irgendwann weit nach Mitternacht schliefen wir im Zelt ein.

Als ich mitten in der Nacht aufwachte, war es ganz still. *Zu still*. Das angekündigte Gewitter war ausgeblieben. Die Nacht war auf eine unbeschreibliche Weise viel zu ruhig, und diese Lautlosigkeit war furchterregend. Ich sah mich um. Und dann merkte ich, was hier nicht stimmte: Ada war verschwunden. Bevor ich eingeschlafen war, hatte sie neben dem Zelt gelegen. Ich suchte mit der Taschenlampe rund um unser Lager nach der Hündin, aber sie war weg. Völlig aufgelöst weckte ich Thomas und Jörg.

»Ada ist weg!«, rief ich, und sofort kam uns ein furchtbarer Verdacht: »Lennart hat Ada entführt!«, schrie Thomas und brach in Tränen aus. »Scheiße, was sage ich denn jetzt meinen Eltern? Was, wenn er ihr was angetan hat? Wenn er sie auch angezündet hat wie die Katze damals?«, heulte er panisch.

Jörg war der einzige, der die Nerven behielt. »Den machen wir fertig«, sagte er und sprang auf. »Kommt jetzt!«

Wir nahmen alle eine Taschenlampe in die eine Hand, einen Stock als Knüppel in die andere, und so zogen wir wie entschlossene Krieger in die Nacht hinein, um Ada zu suchen und sie notfalls aus Lennarts Händen zu befreien. Instinktiv zog es uns an die Stelle Richtung Griesberg zurück, wo wir Lennart zuletzt gesehen hatten. Aber hier war niemand.

»Wir trennen uns und treffen uns in einer halben Stunde wieder hier«, schlug Jörg vor. Thomas und ich stimmten sofort zu. In diesem Moment hatte keiner von uns Angst, alleine durch die Dunkelheit zu laufen, wir wollten einfach nur Ada finden. Jeder ging in eine andere Richtung, und wir verschwanden in der Finsternis. Ich erinnere mich nicht mehr, welche Ecken des Waldes ich absuchte. Ich erinnere mich nur noch an das ungute Gefühl, das wir alle dabei hatten. Nach einer Ewigkeit kamen wir wieder zusammen, von Ada keine Spur. Auch von Lennart gab es kein Lebenszeichen, obwohl wir uns weiterhin sicher waren, dass er mit dem Verschwinden des Hundes zu tun hatte. Ich sah von weitem, wie Thomas und Jörg zusammenstanden. Jörg klopfte Thomas auf die Schulter und sagte: »Wir finden den Scheißkerl schon«, und Thomas antwortete mit verheulter Stimme: »Wenn er Ada was angetan hat, bring ich ihn um! Das mache ich wirklich!«

»Habt ihr eine Spur?«, fragte ich hilflos.

Jörg schüttelte den Kopf. »Nichts.« Er leuchtete mir mit der Taschenlampe ins Gesicht, sodass ich die Augen zukniff.

»Wie siehst du denn aus?«, fragte Jörg.

Jetzt merkte ich selbst, dass ich am ganzen Körper zitterte. Ich fühlte mich durch und durch unwohl.

»Mir ist ein bisschen kalt. Ich glaub', ich werde krank«, sagte ich, und dann übergab ich mich.

»Vielleicht war die Wurst nicht ganz gar«, murmelte ich, als es mir wieder besser ging.

»Dann lasst uns zum Zelt zurückgehen. Wir suchen nachher weiter. Es wird bestimmt bald hell«, sagte Jörg.

Wir wollten weitersuchen, wenn der Tag anbrach. Auf dem Weg zum Zeltlager sprach keiner ein Wort, auch nicht, als wir auf den Sonnenaufgang warteten. Wir saßen vor dem Zelt und schwiegen uns an als wären wir uns fremd. Ich wollte einfach nur zurück in mein Kinderzimmer. Von unserem Lagerfeuer war nur noch schwache Glut übrig, eingerahmt von kalter, hässlicher Asche. Eigentlich war nicht mehr an schlafen zu denken, aber irgendwann verkroch ich mich ins Zelt und nickte vor Müdigkeit und Übelkeit doch kurz ein. Ich fiel in einen wirren Traum. Lennart kam darin vor und sah mich mit schrecklichen Augen an. Dazu lachte er wie ein Teufel. Als ich hochschrak, saßen Thomas und Jörg immer noch vor dem Zelt. Endlich ging die Sonne auf, aber wir sahen uns dieses Naturschauspiel nicht an. Thomas begann wieder, jämmerlich zu weinen, und ich weinte diesmal mit, weil ich Ada fast so gerne gemocht hatte wie er, und weil wir beide glaubten, dass Lennart Ada etwas angetan hatte.

»Vielleicht hat Lennart ja gar nichts mit Adas Verschwinden zu tun«, wollte Jörg uns trösten, aber Thomas widersprach sofort:

»Du weißt doch, was man so über Lennart erzählt. Dem ist wirklich alles zuzutrauen. Und wir hätten uns doch denken können, dass ein Scheißkerl wie der sich nicht einfach von uns mit ein paar Steinen vertreiben lässt.«

Noch immer fühlte ich mich krank. Ich ging wieder zurück ins Zelt und schlief bald darauf noch mal ein und wurde irgendwann von einem lauten, heulenden Ton geweckt. Ich brauchte eine Weile, bis ich erkannte, dass es eine Sirene ganz in der Nähe sein musste. Ich sah mich um. Jörg und Thomas waren nicht da. Vermutlich waren sie losgelaufen, um zu sehen, was da los war. Ich wollte auch dorthin, fühlte mich aber so schwach, dass ich liegen blieb und im Halbschlaf vor mich hindämmerte. Richtig wach wurde ich erst, als ich die schnellen Schritte meiner Freunde vor dem Zelt hörte.

»Lennart wird keinem mehr was tun!«, verkündete Jörg beinahe feierlich. »Er ist tot!«

Ich sah ihn ungläubig an. »Bist du sicher?«, war das einzige, was mir dazu einfiel.

»Er liegt unten in der Schlucht, am Elefantenkopf«, erklärte Jörg nüchtern. »Hast du die Sirene nicht gehört? Polizei und Feuerwehr sind schon da, sie haben ihn eben dort gefunden.«

»Wie ist das passiert?«, wollte ich wissen. Thomas sah mich ganz merkwürdig an, so als hätte ich diese Frage nicht stellen dürfen.

»Woher sollen wir das wissen? Ist das denn wichtig? Wir brauchen keine Angst mehr vor diesem Typen zu haben«, antwortete er. Mehr sagte er nicht, aber ich hatte den schrecklichen Verdacht, dass mir einer meiner beiden Freunde etwas verschwieg. Hatte etwa Thomas... oder Jörg ...? Ich wollte nicht daran denken, aber ich legte mir sofort das Geschehene in meinem Kopf zurecht: Vielleicht waren Jörg oder Thomas, womöglich auch beide zusammen, auf der Suche nach dem Hund auf Lennart gestoßen. Vermutlich hatten sie von ihm nicht erfahren, wo Ada war, es war zum Streit, vielleicht auch zum Kampf gekommen, und einer meiner beiden Freunde hatte Lennart vom Elefantenkopf heruntergestoßen. Einer von den beiden musste es doch gewesen sein, oder? »Lasst uns hier abhauen!«, schlug Thomas vor. Ich sah ihn misstrauisch an.

Noch während wir unser Zelt abbauten, kam einer der Polizisten zu uns. Er wollte wissen, wer wir waren und was wir so früh am Morgen hier machten. Wir sagten wahrheitsgemäß und knapp aus. Von den Vorfällen am Abend erzählten wir aber nichts. Dann ließ die Polizei unsere Eltern kommen, um uns abzuholen. Die waren natürlich zu Tode erschrocken über das, was passiert war. Wie sich herausstellte, war Ada in der Nacht einfach nach Hause gelaufen und hatte winselnd vor der Tür gelegen.

In der Zeitung stand am nächsten Tag, dass der tote Junge in der Griesbergschlucht Verletzungen im Gesicht hatte, die ihm wohl unmittelbar vor dem Sturz zugefügt worden sein mussten. Ein morgendlicher Jogger hatte die Leiche entdeckt und die Polizei verständigt.

Später erfuhren wir, dass Lennart in seiner Todesnacht von zu Hause abgehauen war und wohl im Wald hatte übernachten wollen, weil sein Vater ihn wieder verprügelt hatte. Während die Ermittlungen der Polizei irgendwann im Sande verliefen, blieb ich davon überzeugt, dass einer meiner Freunde damit zu tun haben musste.

Wir sahen uns danach nur noch selten. Zum einen, weil Jörg für längere Zeit in Kur ging. Zum anderen, weil ich es bald nicht mehr hatte aushalten können und jeden von beiden gefragt hatte, ob er es war, der Lennart in die Schlucht gestoßen hatte. Aber beide stritten das natürlich ab. Ich fühlte mich danach immer ganz unwohl, wenn ich mit Jörg und Thomas zusammentraf, weil ich wusste, dass ich einem von beiden mit meinem Verdacht Unrecht getan hatte – und weil ich wusste, dass der Andere gelogen hatte und ich mit einem Mörder befreundet war.

Wir stehen immer noch am Stacheldraht.

»Du warst seitdem nicht mehr hier?«, fragt Thomas.

»Nein«, sage ich. »Und du?«

»Hin und wieder. Beschäftigt dich das mit dem toten Lennart noch?«

»Ich hatte es lange Zeit so gut wie vergessen. Gerade habe ich erst wieder daran gedacht.«

Ein kurzes Schweigen.

»Kannst du mir denn jetzt sagen, ob es Jörg war, der ihn getötet hat?«, frage ich Thomas schließlich, und ich fühle mich feige, weil ich mit Jörg selbst nicht mehr sprechen kann.

»Nein, er war es nicht«, antwortet Thomas in einem Ton, der keinen Zweifel lässt.

»Dann warst du es also doch?«, bohre ich weiter. Es ist an der Zeit, die Wahrheit zu erfahren. »Einer von euch beiden muss es doch gewesen sein.«

Thomas schüttelt den Kopf. Er blickt eine ganze Weile zum Boden, dann sieht er mich ernst an: »Ich war da, als es passierte, aber ich war nur der Beobachter. Ich habe gesehen, was passiert ist. Sieh dir den Felsen noch mal genauer an.«

Ich weiß zuerst nicht, was er meint. Ich fixiere den Elefantenkopf, sehe dem steinernen Tier tief in die Augen. Und plötzlich fühlt es sich an, als blickten die Augen des Elefantenkopfes zurück, als bohrten sich seine schwarzen Augenhöhlen tief in mein Unterbewusstsein. Wie ein Ball, den man ins Wasser drückt und loslässt, schießt die fehlende Erinnerung plötzlich an die Oberfläche, kämpft sich durch alle Widerstände, die sich in all den Jahren aufgebaut haben. Jetzt sehe ich Lennart deutlich vor mir, sehe ihn wieder dort liegen, und seine toten Augen klagen mich an. Die Erinnerung kommt hoch, wie Lennart damals plötzlich direkt vor mir stand in der Dunkelheit. Auf der Suche nach Ada begegnete ich ihm, während Thomas und Jörg in eine andere Richtung verschwunden waren. Ich ließ vor Schreck meinen Knüppel fallen und wollte zuerst abhauen, aber dann nahm ich meinen ganzen Mut zusammen.

»Was hast du mit Ada gemacht?«, fragte ich ihn.

Lennart grinste böse. »Komm mit, ich zeig' es dir.«

Ich folgte ihm zu den Schluchten. Lennart führte mich ganz nah an den Abgrund und zeigte in die Tiefe.

»Da unten irgendwo muss er liegen, euer blöder Köter. Hab nur ein Stöckchen runtergeworfen, und das doofe Tier ist hinterhergesprungen.« In der Dunkelheit konnte ich in der Schlucht nichts erkennen. Das Taschenlampenlicht war zu schwach, um nach einem Hundeleichnam zu suchen. Lennart lachte und lachte, während meine Knie weich wurden. Wut und Trauer ergriffen mich. Ich glaubte ihm sofort, dass er Ada tatsächlich getötet hatte. Unsere geliebte Ada! Und dann tat ich etwas, was ich noch nie gemacht hatte. Ich stieß ihm meine Faust mitten ins Gesicht, und im nächsten Moment taumelte er nach hinten. Dann machte er einen falschen Schritt zu Seite und kippte lautlos in den tiefen Abgrund. Ich sah ihm zuerst nicht hinterher. Erst als ich einen dumpfen Aufschlag hörte, warf ich einen Blick nach unten. Der Lichtkegel der Taschenlampe leuchtete auf Lennarts verdrehten Körper, dann auf seine offenen, starren Augen. Mir wurde schlecht, ich begann zu zittern und zu schwitzen und rannte zurück zum vereinbarten Treffpunkt. So wie ein Kind, das eine Scheibe eingeschlagen hat und sich unbemerkt vom Acker machen will. Ja, das ist wirklich passiert, obwohl ich mich 30 Jahre nicht daran erinnern konnte.

»Du hast wirklich alles vergessen und tatsächlich geglaubt, einer von uns wär's gewesen, stimmt's? Jetzt ist Jörg tot, und du hast ihn ein Leben lang für den möglichen Mörder von Lennart Heinze gehalten.«

Ich bin gelähmt vor Entsetzen über die Erinnerung, die mich gerade eingeholt hat, und kann nicht reden.

»Ich hab euch von Weitem gesehen«, fährt er fort. »Dich und Lennart. Und jetzt gesteh es dir endlich ein!«

Beschämt blicke ich zu Boden. Dann nicke ich fast unbemerkt.

»Warum hast du nie etwas gesagt?«, frage ich.

»Du hattest alles verdrängt, das habe ich doch gemerkt. Was hätte ich dir damit angetan?«

Dann dreht er sich um und geht. Er wirft noch mal einen kurzen Blick zu mir zurück und ruft: »Wir sind doch Freunde, oder?« Und dann verschwindet er endgültig zwischen den Bäumen – mein Freund Thomas, der Freund eines Mörders.

Rot blüht der Enzian

VON CAROLIN GILBAYA

Ein Mann wie ein Baum. Gut, zugegeben, ein mittel-
großer Baum. Aber das macht bei einer imposanten
deutschen Eiche ja auch nichts. Und groß ist er trotzdem. Großartig. Nur nicht so lang. Eine gute Größe
eben. Eine kulturelle und charakterliche Größe. Gradli-
nig. Aufrichtig. Ehrlich und echt. Sich und seinen Fans
immer treu geblieben. Und jetzt so etwas.

Da hab ich mir gesagt, Hanne-Lore – mit Bindestrich
zwar, aber ansonsten ist mein Vorname ja schon ein
Fingerzeig des Schicksals –, Hanne-Lore, habe ich mir
gesagt, du musst den Heinz Georg zur Vernunft brin-
gen. Deshalb bin ich heute extra von meinem kleinen
Dörfchen aus hierher nach Bad Münstereifel gereist.
Hier, das weiß ich aus den Zeitschriften, die ich beim
Friseur immer lese, wohnen viele Celebrities, wie es
jetzt neudeutsch heißt. Eines dieser vielen schreck-
lichen neumodischen Wörter. Also, hier wohnen viele
Berühmtheiten, Schriftsteller, Fernsehrichter, Politiker.
Hier fand das berühmte Gespräch zwischen Willy

Brandt und Herbert Wehner statt. Und selbst die Portugiesen haben eine ihrer Parteien in Bad Münstereifel gegründet. Die Stadt ist aber auch wirklich wunderhübsch. Mit den vielen verschiedenen kleinen Fachwerkhäuschen ist es richtig idyllisch und gemütlich. Ich bummele gerne am Roten Rathaus entlang durch die kleinen Läden. Ich mache dann Shopping im City Outlet. Auch wieder so drei Begriffe, die keiner versteht. Wenn ich mich kulturell betätigen möchte, sehe ich mir die römischen Bauten, die Stiftskirche und die mittelalterliche Stadtumwehrung an. Oder ich mache eine Kneippkur für meine armen, von der vielen Gartenarbeit geplagten Beine. Früher, als ich noch jünger war, bin ich sogar manchmal auf den Michelsberg gestiegen. Und das ist schließlich schon ein sehr hoher Berg. Ach, ich komme einfach so gerne in die Eifel. Die Menschen hier sind wie die Landschaft. Urwüchsig. Raue Schale, weicher Kern. Richtig herzlich sind die Eifelaner. So wie der Mann, wegen dem ich hauptsächlich so oft nach Bad Münstereifel komme. Heinz Georg Kramm, besser bekannt als Heino.

Er ist zwar gebürtiger Rheinländer, aber Wahleifelaner. Er ist fest verwachsen mit der Region. Und er ist ihre größte Attraktion – 98 Prozent aller Deutschen kennen Heino. Ich weiß zwar nicht, wie die das mit diesen Statistiken immer so ausrechnen, aber das sagen einem ja schon die Erfahrung und der gesunde Menschenverstand. Jedes Kind weiß, wer Heino ist. Er ist das Idol einer ganzen Generation. Ach, was sag ich, von Generationen. Er ist eben noch ein echtes Original mit seiner klassischen Sonnenbrille und den schönen blonden Haaren. Jeder Deutsche kennt seine Lieder und kann sie mitsingen. Das ist noch handgemachte Musik, die ans Herz geht. Mit eingängigen Melodien. Und die Texte, die versteht man wenigstens. Die sagen einem etwas.

Mein Lieblingslied ist »Blau blüht der Enzian«. Dabei habe ich meinen Hermann kennengelernt. Gut. Dafür kann der Heinz Georg jetzt nichts. Der Hermann hat ja auch nie Verständnis für mein wichtiges Amt als erste Vorsitzende des offiziellen Heino-Fan-Clubs gezeigt. Na ja, jetzt ist er tot, der Hermann. Jetzt kann ich mich frei entfalten. Und da macht der Heinz Georg solche Sachen. Hängt sich Totenköpfe um den Hals. Ich finde ja, er kann alles tragen, aber das ist dann doch ein bisschen arg. Und auf einmal blüht der Enzian schwarz. Was soll das denn? Das geht doch gar nicht. Das ist unnatürlich. Das ist schon allein von der Natur so nicht vorgesehen. Ich kenne mich schließlich mit Pflanzen aller Art aus.

In meiner Funktion als erste Vorsitzende des offiziellen Heino-Fan-Clubs bin ich meiner Pflicht nachgekommen und habe dem Heinz Georg das auch gesagt. Ich habe ihm geschrieben – noch auf althergebrachtem Wege mit meinem schönen Briefpapier mit eigenem Briefkopf und nicht, wie mein Neffe mir das immer beibringen will, über das Internet –, er möge doch bitte mit diesem Kram aufhören und sich auf seine traditionellen Erfolge besinnen. Da hat der Heino mir ganz lieb geantwortet. Das macht er immer bei allen seinen Anhängern. Aber bei mir macht er das besonders reizend. Bilde ich mir zumindest ein. Das sind eben die

Vorteile, die mein Amt mit sich bringt. Er hat geschrieben, dass er ja trotz allem unser Heino bleibt, aber eine neue Seite an sich ausprobieren will. Und dass das Verbinden mehrerer Musikstile sehr reizvoll und spannend ist und ihm viel Spaß bringt. Crossover nennt man das. Schon wieder so ein Wort.

Das ist ja alles gut und schön. Aber wie sollte ich das den Mitgliedern des Fan-Clubs beibringen? In der von mir extra einberufenen Sondersitzung haben sich die Lotte, die Inge und die Erika beschwert, die neue Musik vom Heino sei nur noch ständiger Lärm. Das hätte ihm bestimmt dieser Dieter Bohlen eingeredet. Sie haben gesagt, ich als Vorsitzende müsse energischer auf Heino einwirken. Die wollen mir mein Amt wegnehmen, wenn ich den Heino nicht umstimmen kann. Und dabei hänge ich doch so an meiner Arbeit als Vorsitzende. Ich habe praktisch mein ganzes Leben nach Heino ausgerichtet. Ferien, Familienfeste, Freizeitgestaltung. Einfach alles. Das wollte der Hermann ja auch nicht freiwillig einsehen. Entweder Heino oder ich, hat er gesagt, der Hermann. Ja, eben. Ich habe nicht umsonst so viel für diese Position geopfert. Ich muss den Heinz Georg zur Vernunft bringen. Notfalls mit Gewalt.

Deshalb bin ich heute zur besonderen Autogrammstunde ins Heino-Café im Historischen Kurhaus gekommen. Heino ist hier sowieso jeden Tag für eine oder zwei Stunden anwesend und begrüßt charmant seine Gäste. Er ist eben immer auf dem Boden geblieben und nahe bei seinen Anhängern. Man fühlt sich ja auch so wohl zwischen den gemütlichen hellen Holzmöbeln und den vielen persönlichen Bildern von Heino. Man kann ganz ungestört seine unzähligen Auszeichnungen bewundern. Es pilgern nicht umsonst täglich viele Fans hierher. Heute sind es bestimmt ganze Heerscharen. Heute ist er ja schließlich den halben Tag da. Und heute überzeuge ich ihn, wieder auf die altbewährten rechten Wege zurückzukehren. Koste es, was es wolle.

Zu diesem Zweck habe ich in meiner Tupperdose eine selbst gebackene Torte mitgebracht. Die kann nicht mithalten mit den Kunstwerken, die Heino so herstellt und mit denen man sich im Café verwöhnen lassen kann und Gold auf die Hüfte, aber auch auf den Gaumen legt. Die weltberühmte Haselnusstorte ist neuerdings verziert mit kleinen weißen Schokoladenplättchen, die Heinos Gesicht zeigen. Süß! Ich habe mich nach Heinos Backbuch an der Blauen-Enzian-Torte versucht. Das genaue Rezept verrate ich nicht. Man kann das Buch ja kaufen. Dann verdient der Heinz Georg ein paar Mark daran. Lediglich eine Zutat habe ich ausgetauscht. Den Enzian. Ich habe den Saft einer anderen Pflanze gewählt. Deren Wirksamkeit kenne ich nicht aus den Zeitschriften. Das wusste ich so. Als Freizeitgärtnerin und durch meinen Hermann. Tollkirsche hilft eben immer. Diese Spezialtorte werde ich dem Heino heute überreichen, wenn er sich nicht eines Besseren belehren lassen will. Ich hoffe, er folgt mir im Guten. Auf mich müsste er doch eigentlich hören, wir kennen uns jetzt fast vierzig Jahre. »Meine liebe Hanne-Lore«, sagt er stets zu mir, »ich freue mich immer so, wenn ich dich sehe!« Das ist so berührend! Von daher hoffe ich wirklich, dass ich die Torte nicht brauche. Ich kann auch mit Worten sehr überzeugend sein, nicht nur mit Taten. Ansonsten heißt es: Wer nicht mit sich reden lassen will, muss fühlen. Wie bei meinem Hermann.

Bei Heino reichen hoffentlich die Worte aus. Ich habe mir genau überlegt, was ich ihm sagen will. Es wird schon schiefgehen. Ich habe mir mein neues Kleid angezogen und mit meinem Parfüm noch einmal kräftig nachgesprüht. Ich bin gewappnet. Aber doch nervös. Ich sitze jetzt im Café, die Torte in ihrem Behälter steht vor mir auf dem Tisch. Ich bin extra schon drei Stunden vor den anderen gekommen, damit ich mich noch etwas sammeln und dann als Erste mit Heino sprechen kann.

So dachte ich mir das zumindest. Mit dem Kerl, der da auf mich zukommt, habe ich nicht gerechnet. Schwarz gekleidet, tätowiert, überall Metall im Gesicht und lange bunte Haare. Der wird doch wohl nicht … Doch! Der … der kommt direkt auf mich zu! Was mache ich denn jetzt? Ich muss mich doch auf den Heino konzentrieren, da kann ich so einen wirklich nicht gebrauchen!

»Entschuldigen Sie bitte, junge Frau, ist hier noch frei?«

Gut. Er ist ja doch erstaunlich höflich, der junge Mann. Ich nicke, ignoriere ihn aber. Ich sage innerlich immer wieder meine für Heino zurechtgelegten Worte auf, bis mich der Bunthaarige unterbricht: »Ich fahre sonst immer nach Wacken, wissen Sie, da geht es richtig ab, echt krass!«

Was soll ich darauf erwidern? Ich habe ja nicht verstanden, wovon der junge Mann spricht. Das scheint er aber gar nicht zu bemerken. Unbeirrt redet er weiter, ein begeistertes Strahlen im Gesicht: »Aber jetzt komme ich in die Eifel zu meinem Hero Heino. Ich bin nämlich der Speaker der *Heino-Metal-Buddies*. Für uns ist er der Größte. Und wissen Sie auch, warum? Der hat's drauf! Der hat's allen noch mal so richtig gezeigt! Den fand schon mein Opa immer gut! Jetzt habe ich echt was gefunden, worüber ich mit Opa reden kann. Ich frage ihn, bei welchen Liedern er früher so gechillt hat, und da erzählt der mir auf einmal ganz tolle Stories! Man kann also sagen, der Heino verbindet Alt und Jung! Das ist doch echt korrekt, oder?«

Jedes Wort habe ich zwar wieder nicht verstanden, aber den Kern der Aussage, den habe ich verstanden. *Korrekt!* Es trifft mich wie der Blitz! Es fällt mir wie Schuppen von den Augen! Der junge Mann hat recht! Ich meine, das mit dem schwarzen Enzian ist blöd, aber ansonsten und so an sich ist doch nichts Verwerfliches daran, wenn ein älterer Mensch sich neu erfindet. Menschen in Heinos und meinem Alter sind schließlich *Best Ager*, die auch gerne einmal eine *Coverversion* von seinen Liedern *downloaden* – klingt gar nicht schlecht! Der reizende junge Mann hat mir gerade die Möglichkeit gegeben, Heino, mich und mein Lebenswerk zu retten! Wenn er Heino als Vorbild sehen kann, sollte ich das ja wohl auch können. Was bin ich doch blöd und borniert gewesen!

Ich lasse alles stehen und liegen, springe auf und eile, so es meine Knochen zulassen, zu Biggi, der freundlichen Bedienung, um ihr zu sagen, sie soll mich bitte bei Heino entschuldigen. Ich muss ganz dringend wieder weg. In besonderer Mission. Da sehe ich aus dem Augenwinkel, wie der reizende Bursche sich meiner Spezialtorte nähert. Er hat schon den Deckel der Tupperdose geöffnet. Ich sprinte – diesmal wirklich, wenn auch eher wie ein grauer statt wie ein schwarzer Panther – auf ihn zu. Hastig schnappe ich ihm die Dose weg. »Nein, junger Mann, die Torte ist nichts für Sie. Aber Sie können mich gerne einmal mit Ihren *Heino-Metal-Buddies* besuchen kommen, dann backe ich etwas Schönes. Die anderen Mitglieder aus unserem Club werden sich bestimmt auch freuen.« Also die, die dann noch da sind, denke ich im Stillen dazu.

Mit einem Lächeln verlasse ich das Café. Ich werde mich morgen bei Heino entschuldigen. Für alles. Mit einer E-Mail. Als *Silver Surfer* sozusagen. Denn auch ich kann noch dazulernen. Die besondere Torte geht an die, die das nicht können, an die, die Heino und mich vernichten wollen. An Lotte, Inge und Erika. Die sind ja auch von vorgestern.

Tod am Ring

VON THORSTEN WIRTZ

Den Entschluss, Frank zu töten, hatte Rainer bereits vor zwei Jahren gefasst. Bis jetzt fehlten allerdings die Gelegenheit und vielleicht auch der richtige Plan, wie er es genau anstellen sollte. Doch den gab es jetzt. Einen todsicheren Plan.

Sein ganzes Leben hätte eine andere Wendung genommen, wenn er den damals eingeschlagenen Weg fortgesetzt hätte. Wenn er sich nicht von der Musik abgewandt hätte.

Im Sommer 1987 war es zum Bruch zwischen ihm und Frank gekommen. Es hatte sich bereits in den Monaten davor angedeutet. Immer wieder war es auf der Bühne zu unschönen Szenen gekommen. Ganze Auftritte hatten sie versemmelt, weil sich Gitarrist und Sänger einfach nicht mehr grün waren. Für die Eifeler Musikszene waren Frank Riemenschneider und Rainer Bädorf vielleicht so eine Art Lennon/McCartney: Geniale Musiker, die etliche Songs zusammen geschrieben hatten, die menschlich aber immer weniger harmonierten. Hier Frank, der extrovertierte Frontmann und Sänger von *The Eruption*, und dort Rainer, der introvertierte Soundtüftler, der an der Gitarre seinen großen Vorbildern der angesagten Hardrock-Bands nacheiferte.

Beim Waldfest in Hohenfels-Essingen im Juni 87 war Rainer dann einfach gegangen. Er hatte seine Gitarre mitten im Song ausgestöpselt, was zu einer hässlichen Rückkopplung geführt hatte, und war von der Bühne gesprungen. Die verdutzten Fans waren hatten wie das von Moses geteilte Meer eine Gasse für ihn gebildet. Er war schnurstracks auf den Bierpavillon zugesteuert, hatte sich ein Stubbi geben lassen und war dann zu Fuß bis nach Hause gelaufen. Als er in dieser Nacht in Neroth angekommen war, hatte sein Entschluss festgestanden: Nie wieder mit Frank zusammen auf der Bühne. Eine neue Band gründen, selbst den Gesang übernehmen – *guitar and vocals* – wie Clapton, oder wie Knopfler.

Damals hatte er es einfach nicht mehr mit ansehen können, wie Frank neben ihm auf der Bühne den großen Macker machte. Klar, die Fans liebten den Rocker mit der langen Mähne, der in seinen hautengen Lederhosen wie ein wahrgewordener Groupie-Traum auf der Bühne herumturnte. Aber diesmal war er eindeutig zu weit gegangen: Während Rainers Gitarrensolo in ihrem neuen Stück *Baby don't You lie to me no more* – ohne Frage einer der musikalischen Höhepunkte des Abends – war Frank wieder auf den Lichtmast der Bühnenkonstruktion geklettert und hatte die Blicke der Fans auf sich gezogen. Genau darüber hatten sie vor dem Konzert noch gesprochen: Wenigstens einmal pro Auftritt wollte Rainer die ungeteilte Aufmerksamkeit des Publikums für sich ganz alleine haben. Sie hatten ausgemacht, dass Frank sich während des Solos für ein paar Minuten in die Dunkelheit im hinteren Bereich der Bühne zurückziehen sollte, um Rainer den Platz zu gewähren, der ihm zustand. Frank fand dies zwar *affig*, wie er mehrfach betonte, hatte dem Vorschlag dann aber doch zugestimmt. Damals war ihm klar geworden, was von Franks Versprechungen zu halten war: Nämlich rein gar nichts.

Der Auftritt in Hohenfels-Essingen war das erste Konzert nach Rainers Trennung von Nicole. Fast ein Jahr lang war er mit dem Mädchen aus dem Nachbardorf zusammen gewesen, alles lief super, und Rainer hatte sich schon Gedanken darüber gemacht, ob er ihr einen Antrag machen sollte. So richtig mit Ring und allem drum und dran. Doch bevor es dazu kommen konnte, hatte sie mit ihm Schluss gemacht. Aus heiterem Himmel. »Ich will mich jetzt noch nicht so fest binden«, hatte sie gesagt. »Erst mal alleine sein und mir über ein paar Sachen klar werden.« Drei Wochen später beim Waldfest war Nicole auch dabei gewesen, sie hatte in der ersten Reihe gestanden. Zu diesem Zeitpunkt war sie bereits seit zwei Wochen Franks neue Freundin.

Ziemlich genau 28 Jahre später, im Juni 2015, führte das Schicksal Frank Riemenschneider und Rainer Bädorf erneut zusammen. In Mendig. Knapp 60 Kilometer von ihren gemeinsamen Anfängen in der fünften Klasse des St.-Matthias-Gymnasiums in Gerolstein entfernt, wo sie einst zu Freunden geworden waren. Frank Riemenschneider hieß heute natürlich nicht mehr Frank Riemenschneider, das heißt, in seinem Pass stand schon noch dieser Name, doch der internationalen Öffentlichkeit war der Musiker heute unter dem Pseudonym Frankie Taylor bekannt. Den Riemen hatte er zwischenzeitlich einfach unterschlagen.

Rainer Bädorf hieß auch im Frühsommer 2015 noch Rainer Bädorf. Über die Auswahl eines Pseudonyms hatte er sich nie Gedanken machen müssen. Entgegen seinen damaligen Plänen hatte er die Musik aufgegeben. Nach dem Zusammenbruch hatte er keine Gitarre mehr angerührt. Dass es so weit gekommen war, war Franks Schuld, davon war Rainer überzeugt.

Noch im Sommer 1987 hatte der steile Aufstieg von *The Eruption* begonnen, ohne Rainer Bädorf an der Gitarre. Nicoles Bruder Stefan war in die Band eingestiegen und hatte den Gitarrenpart übernommen. Das Kapitel Nicole war zu diesem Zeitpunkt für Frank schon wieder beendet. Das Repertoire der Band bestand fast ausschließlich aus Songs, die Frank und Rainer noch gemeinsam geschrieben hatten. Rainer war davon überzeugt gewesen, dass *The Eruption* ohne ihn keine Zukunft haben würde. Aber Stefan entwickelte sich besser als gedacht – wenn er auch nicht an die technische Brillanz von Rainers Gitarrenspiel herankam. Der Zufall wollte es, dass bei einem *Eruption*-Konzert in Bitburg ein amerikanischer Musikagent namens John Heitkamper zu Gast war, der während seiner Zeit bei der US-Army in der Eifel stationiert gewesen war. Mit ein paar Kumpels war er auf Tour durch Europa, und ausgerechnet an ihrem Abend in Bitburg spielte *The Eruption* in einer vornehmlich von US-Soldaten bevölkerten zwielichtigen Spelunke in der Saarstraße.

Heitkamper war begeistert vom »teutonischen Habitus« der Band. Das holprige Englisch der Songtexte und den unüberhörbaren, starken Akzent in Franks Gesang fand Heitkamper »unerhört authentisch« und absolut einzigartig. »Sie machen sich verdammt noch mal nicht die geringste Mühe, ihre Herkunft zu verleugnen«, sagte Heitkamper im Jahr der ersten Grammy-Nominierung in einem MTV-Interview über *The Eruption*. Frank erwähnte nie wieder, wie stolz er damals auf seine korrekte englische Aussprache gewesen war, was ihm sein Englischlehrer am Gerolsteiner Gymnasium noch im Jahr vor dem Abi bescheinigt hatte.

Heitkamper nahm *The Eruption* unter Vertrag, lud sie in die Staaten ein und brachte Frank mit einem neuen Songschreiber zusammen. Acht der zwölf Songs auf dem ersten Album der Band, das Anfang 1988 bei einem Major-Lable erschien, waren noch während Rainers Zeit in der Band entstanden. Und auch bei der ersten Single *Baby don't You lie to me no more*, die bis in die Top Five der US-Billboard-Charts kletterte, wurden Frank Riemenschneider und ein gewisser Ron White als Autoren genannt. Klar, das Arrangement hatte nichts mehr mit dem Song zu tun, den Rainer beim letzten gemeinsamen Auftritt auf dem Waldfest in Hohenfels-Essingen gespielt hatte, aber es war unverkennbar sein Song. Fassungslos hatte er damals im Plattenladen von Günter Runge in Hillesheim gestanden, wo er die

LP *The First Eruption* gekauft hatte. Frank hatte ihm nicht nur sein Mädchen, sondern auch sein gesamtes musikalisches Werk gestohlen.

»Dat wird nich billig. Und deine Beweise sind mehr als dürftig«, sagte Hermann Böffgen, Rechtsanwalt aus Gerolstein, nachdem Rainer mit der *Eruption*-LP, ein paar losen Notenblättern und einer Musikkassette in der Kanzlei in der Brunnenstraße aufgetaucht war. Rainer hatte nach dem Abi verschiedene Jobs angenommen, zuerst beim Gerolsteiner Sprudel, später war er dann als Zusteller bei der Post gelandet. So hatte er immer genug Zeit für seine Musik und *The Eruption* gehabt. Die Kanzlei von Hermann Böffgen lag in seinem Zustellbezirk, daher hatte er irgendwann im Sommer 88 all seinen Mut zusammen genommen und morgens, als er dem Anwalt die Post und mehrere Zustellurkunden überreicht hatte, um einen Termin gebeten.

»Wenn du mich fragst: Dat hört sich alles auch janz anders an.« Man müsse ein fachliches Gutachten in Auftrag geben und dann vor einem amerikanischen Gericht Klage einreichen, hatte Böffgen weiter ausgeführt. »Und wenn du nich wenigstens zehntausend Dollar in der Portokasse hast, kannste die ganze Chose gleich vergessen.«

Vergessen hatte Rainer die ganze Chose, wie Böffgen das damals genannt hatte, nie. Aber mit den paar Mark aus seinem Job bei der Post in der Tasche hatte er keine Möglichkeiten gesehen, einen Stich gegen die Rechtsabteilung von *A&M-Records* zu machen. Und so war ihm nichts anderes übrig geblieben, als den steilen Aufstieg von Frank Riemenschneider aus der Ferne zu beobachten. Mit Rainer ging es unterdessen steil bergab: Seinen Job bei der Post verlor er fast zeitgleich mit seinem Führerschein, als er sein Auto mit mehr als zwei Promille im Schaufenster eines Dauner Modegeschäfts geparkt hatte.

Auf dem Weg zum Festivalgelände in Mendig ging ihm das alles noch einmal durch den Kopf: Der Alkohol hatte irgendwann sein Leben bestimmt, dann kamen die Drogen. Jobs bekam er keine mehr, und weil die Stütze natürlich nie ausreichte, rutschte er schließlich in die Kriminalität ab. Erst im Knast in Wittlich konnte er diese Abwärtsspirale durchbrechen. Er begann eine Therapie, machte eine Ausbildung zum Schlosser und fand seinen Weg zurück in die Gesellschaft. Seit über 20 Jahren war er jetzt trocken. Irgendwann hatte er sein neues Hobby zum Beruf gemacht, die Fotografie. Mittlerweile arbeitete er als Fotograf und Freier Mitarbeiter für verschiedene Zeitungen und Magazine in der Vulkaneifel. Er hatte das kleine Häuschen seiner Eltern in Neroth geerbt und kam finanziell irgendwie über die Runden. Eine Zeit lang hatte er gedacht, er hätte die schlechten Gedanken von damals hinter sich gelassen. Doch mit jedem neuen Erfolg von Frank und seiner Band stieg der alte Hass auf den ehemaligen Freund erneut in ihm auf.

Frank hatte sich nie bei Rainer gemeldet, hatte sich überhaupt sehr rar in seiner alten Heimat gemacht. Soweit Rainer wusste, war Frank nie in die Eifel zurückgekehrt. *The Eruption* galt inzwischen sogar als amerikanische Band. Frank hatte den Schlagzeuger

Bernd Zalfen bereits wenige Monate nach der Ankunft in den Staaten aus der Band geschmissen und durch einen amerikanischen Musiker ersetzt. Nicoles Bruder Stefan war Mitte der 90er Jahre bei einem Autounfall in Kalifornien ums Leben gekommen. Über seine Vergangenheit verlor Frank nie besonders viele Worte. Kurz nach der Wende, als alles, was aus dem Osten kam, in den Staaten als besonders aufregend und schick galt, hatte er bei einem PR-Termin für das zweite *Eruption*-Album *Out of the Dark* sogar behauptet, seine Familie sei Mitte der 80er Jahre aus der DDR in den Westen geflüchtet. Dabei waren Franks Großeltern bereits 1945 als Vertriebene in die Eifel gekommen.

Wann er sich zum ersten Mal vorgestellt hatte, Frank zu töten, wusste Rainer nicht mehr. Manchmal, wenn er nachts wach lag und nicht schlafen konnte, kam der Hass in ihm hoch. Er dachte an den Ruhm und das Leben in Reichtum, das Frank führte und das regelmäßig Thema in der einschlägigen Fach- und Klatsch-Presse war. Für Rainer war es ein ewiger Kampf, im Gleichgewicht zu bleiben. Hin und wieder dachte er daran, erneut mit Alkohol oder Drogen aus seinem wenig spektakulären Leben zu fliehen. Doch der Hass auf Frank blieb für Rainer immer eine Art Triebfeder. Du schaffst es nicht, mich fertig zu machen. Ich mach dich fertig, sagte sich Rainer in solchen Nächten. Vor zwei Jahren, als *Frankie Taylor's Eruption*, wie die Band inzwischen hieß, in Cleveland, Ohio, in die *Rock and Roll Hall of Fame* aufgenommen wurde, da hatte es für Rainer kein Zurück mehr gegeben. Genau 25 Jahre nach Erscheinen des Debüt-Albums wurde Frank speziell in den deutschen Medien noch einmal groß abgefeiert: »Das erste Album von Frankie Taylor und seiner Band gilt heute zu Recht als Klassiker«, schrieb beispielsweise die ZEIT. »Mit *Baby don't You lie to me no more* hat Taylor der Welt eine Rock-Hymne geschenkt, die heute in einem Atemzug mit *Smoke on the Water*, *Stairway to Heaven* oder *Satisfaction* genannt wird. Taylor ist der wichtigste deutsche Musik-Export seit Bach und Beethoven.«

Rainer war sich sicher, dass er erst dann zur inneren Ruhe finden würde, wenn Frank endlich tot war.

Der Auftritt bei »Rock am Ring« war der erste von *Eruption* in Deutschland seit mehr als drei Jahren und gleichzeitig der Auftakt für die lange erwartete Welt-Tournee. Die Band war als Headliner angekündigt worden und sollte zum Abschluss des ersten Festival-Tages gleich am Freitag in Mendig spielen. Den ganzen Tag hatte die Sonne erbarmungslos auf das Festivalgelände, einen alten Militärflughafen, geschienen. Die Temperatur kletterte bereits am Vormittag auf über 30 Grad im Schatten. Als Rainer sich am Nachmittag endlich durch die langen Staus auf den Straßen rund um den Flugplatz gequält hatte und an der Einfahrt zum Pressecenter seine Akkreditierungs-Unterlagen vorzeigte, hatte er bereits etliche sonnenverbrannte Rücken, Schultern und Nasen gesehen. 90.000 Musikfans fieberten den Auftritten ihrer Stars entgegen. Rainer konnte dem ganzen Hype hingegen nichts mehr abgewinnen. Er war in seiner Jugend meist nur als aktiver Musiker bei Konzerten dabei gewesen. Große Festivals wie *Rock am Ring* waren damals in Deutschland gerade erst in Mode gekommen. Von 85 bis 87 hatten Frank, Bernd Zalfen und er bei den ersten drei Festivals am Nürburgring natürlich als junge Kerle im Publikum gestanden und gemeinsam davon geträumt, selbst einmal vor solch einer Kulisse zu spielen. Doch nach dem Bruch mit Frank und seinem persönlichen Absturz mied Rainer Konzerte, Festivals und die Musikszene im Allgemeinen. Da wurde immer gesoffen, meistens auch gekifft und andere Drogen eingeworfen, und er fühlte sich sicherer, wenn er auf Abstand zu den alten Bekannten ging. Freunde aus der Musikszene hatte er ohnehin nicht mehr.

Er holte sich im Pressecenter seinen Ausweis ab, mit dem er sich frei auf dem gesamten Gelände bewegen konnte. Als Freier Mitarbeiter war sein Akkreditierungsantrag vor ein paar Wochen zunächst abgelehnt worden, doch dann gelang es ihm, den Fotoauftrag eines regionalen Anzeigenblatts zu bekommen, und alles klappte wie am Schnürchen. Er schulterte sein Equipment und machte in zwei Stunden mehrere Hundert Fotos von drei Bands, deren Namen er noch nie zuvor gehört hatte, von den Fans vor den beiden großen Bühnen und vom ganzen Drumherum auf dem Festivalgelände. Im Pressecenter übertrug er die Aufnahmen auf seinen Rechner, traf eine Auswahl und bearbeitete die Fotos, die er dann an die Redaktion schickte. Keine 20 Minuten später war der Artikel mit seinen Fotos online. Der Reporter des Blatts, der sich ebenfalls auf dem Gelände herumtrieb, hatte seinen

Bericht mit folgendem Satz beendet: »Und jetzt fiebern alle dem ersten großen Höhepunkt entgegen: Um 22 Uhr beginnt auf der *Volcano Stage* das Konzert des legendären Frankie Taylor und seiner Band *Eruption*!«

Auch Rainer fieberte dem Auftritt entgegen. Er brachte seine Kameras und die Objektive zum Auto und holte die Tasche mit dem Quadrocopter aus dem Kofferraum. Die Kamera-Drohnen waren der letzte Schrei in der Festival-Fotografie: Direkt über der Bühne oder dem Publikum schwebend, gelangen mithilfe der von vier Rotoren angetriebenen Mini-Hubschrauber atemberaubende Aufnahmen. Rainer suchte sich ein ruhiges Plätzchen zwischen den leer stehenden Flugzeug-Hangars, machte das Gerät startklar und ließ es zu einem Testflug abheben. Fast lautlos schwebte die Drohne über den Gebäuden. Das Livebild der Kamera wurde direkt auf sein iPad übertragen, mit dem sich der Quadrocopter auch fernsteuern ließ. Rainer lenkte ihn in Richtung der *Crater Stage*, auf der gerade ein junger Mann mit seiner Gitarre zu sehen war. Irgendwie erinnerte ihn der Musiker an ihn selbst, damals, in einem anderen Leben: Die schmale Gestalt, das einfache graue T-Shirt, Jeans und Turnschuhe. So ähnlich hatte er damals bei *The Eruption* auch ausgesehen, nur die Haare waren länger gewesen.

Er flog verschiedene Schleifen in unterschiedlichen Höhen und ließ den Quadrocopter dann zurückkehren. Von Südwesten her zogen dunkle Wolken auf; für den späteren Abend waren für die Eifel schwere Gewitter angekündigt worden.

Bis zum Auftritt von Frank auf der Hauptbühne waren es nur noch zwanzig Minuten. Wie bei den meisten Top-Bands üblich, durften die Fotografen nur während der ersten drei Songs in den Fotograben vor der Bühne, um ihre Arbeit zu machen. Genau dann wollte Rainer auch zuschlagen. Alle sollten sehen, wie es mit Frank Riemenschneider zu Ende ging, einmal noch wollte Rainer ihm die Publicity gönnen. Weltweit, auf allen Kanälen und allen Titelseiten: *Frankie Taylor auf der Bühne ermordet!*

Rainer zog die dünnen Handschuhe über und tauschte die Hochleistungskamera im Quadrocopter gegen das kleinere Modell mit der geringeren Auflösung, das für seine Zwecke aber absolut ausreichend war. An der Unterseite war mehr Platz für die Katapult-Vorrichtung, die er in seiner Werkstatt zu Hause in Neroth gebaut hatte. Er führte den Bolzen in die Mini-Armbrust ein und spannte die Sehne. Die Auslösung würde dann ebenfalls über die Fernsteuerung erfolgen, und mit der Kamera konnte er sein Ziel millimetergenau ins Visier nehmen. Als von der *Volcano-Stage* der Applaus von Zehntausenden Fans zu ihm herüberbrandete, ließ er die Drohne erneut in den mittlerweile dunklen Nachthimmel aufsteigen. Er würde noch während des ersten Songs zuschlagen, denn inzwischen war das Gewitter deutlich näher gekommen, und die ersten Blitze waren zu sehen. Auf dem iPad verfolgte er den Flug über die Hauptbühne hinweg und ließ den Quadrocopter dann eine Schleife über dem Publikum drehen, um sich danach langsam von vorne seinem Ziel zu nähern.

Frank trug sein übliches Outfit: Über der engen, an den Beinen geschnürten Lederhose ein weißes Hemd im Piratenlook. Das Haar war genau so lang wie vor fast 30 Jahren und nur unwesentlich dünner als damals. Als sich die Drohne näherte, konnte Rainer Franks Gesicht deutlich vor sich auf dem Bildschirm seines iPads erkennen. Die hohe Stirn war für ihn von besonderem Interesse, denn hier würde sich gleich der Bolzen mehrere Zentimeter tief in den Schädel bohren. Über die Fernsteuerung machte er den Abzug klar und warte, bis Frank von einem kurzen Ausflug an den rechten und linken Bühnenrand an den Mikrofonständer in der Bühnenmitte zurückgekehrt war, um die Fans zu begrüßen. Als Frank zu einem lang gezogenen »Hallo Mendig! Hallo Rock am Riiiiiiiiiing« ansetzte, tippte Rainer mit der Spitze seines rechten Zeigefingers einmal kurz auf das berührungsempfindliche Display seines iPads und schickte so den Metallbolzen auf seine todbringende Reise. Eigentlich schade, dass er diesen Moment nicht in *Full HD* erleben konnte, dachte Rainer, als er sah, wie Frank mit einem überraschten Gesichtsausdruck auf der Bühne zusammenbrach.

Er aktivierte die automatische Rückkehrfunktion der Drohne und begann damit, seine Ausrüstung zusammenzupacken, als plötzlich ein gewaltiger Blitz irgendwo in der Nähe einschlug und unmittelbar darauf ein ohrenbetäubender Donnerschlag zu hören war. Das Gewitter musste direkt über dem Festivalgelände sein: Mit einem Mal begann es, wie aus Eimern zu schütten, und ein stürmischer Wind setzte ein. Panisch griff er nach dem iPad.

Schwarz. Ein schwarzer Bildschirm.

No Signal.

Die Drohne musste irgendwo auf dem Weg zwischen der Bühne und seinem Versteck abgestürzt sein.

Bereits am Tag nach dem Mordanschlag klingelte es in Neroth an Rainers Haustür. Er öffnete den Beamten und ließ sich ohne Widerstand festnehmen.

Im Prozess machte er keine Aussage zur Sache. Die Beweislast war auch ohne sein Geständnis mehr als erdrückend. Weder auf dem Bolzen, noch auf der Tatwaffe fanden sich verwertbare Spuren. Dafür aber hatten die Ermittler auf der Speicherkarte der abgestürzten Kamera-Drohne nicht nur eine Videodatei gefunden, die das angestrengte Gesicht des Rockmusikers zeigte, kurz bevor ihn das tödliche Geschoss in die Stirn traf. Es gab noch eine weitere Datei: Offensichtlich ein Testflug des Geräts über das Festivalgelände. Eine große Runde, gewagte Schlenker, die tobende Menge musikbegeisterter Menschen, und zum Ende des Fluges schließlich das verkniffene Antlitz des Mannes, der das Gerät zuvor auf seine Reise losgeschickt hatte.

Pilztod

VON ANDREAS J. SCHULTE

Jens Müller schaute sich neugierig um. Das Büro sah ganz anders aus als das, was man regelmäßig im Fernsehen sah. Es hatte mehr Ähnlichkeit mit seinem Zimmer in der Stadtverwaltung. Ein Arbeitsraum, zweckmäßig, unpersönlich austauschbar. Keine privaten Gegenstände verrieten etwas über die Besitzer der beiden Schreibtische, keine Familienfotos, keine individuellen Bilder an der Wand. Nur ein Jahreskalender, zwei Kunstdrucke ohne erkennbares Motiv und ein Poster der Polizeigewerkschaft an der Tür. Gerade als er sich darauf konzentrieren wollte, bewegte sich die Klinke.

Müller atmete einmal tief durch. Es ging los. Er kannte seine Rolle, es war die Rolle seines Lebens.

»Guten Tag, Herr Müller. Hauptkommissar Gerster. Und das hier ist mein Kollege Baumann. Ich würde Ihnen gern ein paar Fragen stellen.«

»Bitte, ich hab aber Ihrer Kollegin eben schon alles gesagt.«

»Mhmm ... ich würde mir da gern ein eigenes Bild machen. Also, Sie haben angegeben, dass Sie mit Ihren Freunden auf dem Traumpfad zwischen Kell und dem Laacher See gewandert sind. Gehen Sie öfter zusammen wandern?«

»Nein, bisher nie. Und wir sind übrigens mehr als nur ein paar *Freunde*.«

»So?«

»Jawohl, wir gehören alle den PFO an.«

»PFO?«

»PFO – Pilz-Freunde Osteifel ...«

»Pilsfreunde – mal'n Bierchen am Stammtisch zusammen zischen ...«

»Baumann!«

»'Tschuldigung, Chef.«

»Sie haben mich falsch verstanden. Wir beschäftigen uns nicht mit Bier, sondern mit der Mykologie. Der Wissenschaft über die eukaryotischen Lebewesen, die Fungi.«

»Fungi? Kenn ich von der Pizza. Heißt das, Sie haben was mit Pilzen zu tun?«

»Äh ... nun ja, wenn Sie das so banal für sich zusammenfassen wollen, Herr Baumann.«

»Augenblick, nur, damit ich das verstehe, Sie sind mit Ihren Pilzfreunden den Traumpfad entlang gewandert, und dabei haben Sie Pilze gesucht?«

»Ja und nein. Also eigentlich begann das alles schon vor zwei Wochen ...«

»Der Hut jung kegelig, die Lamellen reinweiß. Zusammen mit dem sehr langen, gleich dicken Stiel, war ohne Zweifel klar, welchen Burschen ich da vor mir hatte – ihr ahnt es schon?«

Lutz Breuer schaute gespannt seine beiden Freunde, Jens Müller und Thomas Rodder, an.

Plötzlich hellte sich ein Gesicht auf – Thomas Rodder schlug mit der flachen Hand auf die Tischplatte.

»Aber natürlich, du hast ohne Zweifel einen wurzelnden Schleimrübling vor dir gehabt, *Xerula radicata*! Vorkommen: eher einzeln in einem Buchenwald und – lass mich überlegen – hättest du ihn angeschnitten, hätte er stark geschleimt.«

Lutz Breuer nickte anerkennend.

»Mensch, Thomas, du bist einfach nicht zu schlagen. Dabei hab ich mir wirklich eine harte Nuss ausgesucht«, lobte Breuer.

»Nun ja, gelernt ist gelernt«, wiegelte Rodder geschmeichelt ab.

Wie jeden Montag saßen sie im *Bärenkrug* an ihrem Ecktisch und fachsimpelten über Pilze. Thomas Rodder, groß, hager, sah man den Oberstudienrat Biologie schon auf zehn Meter an. Jens Müller war Angestellter in der Stadtverwaltung. Mit seiner Hornbrille, dem akkuraten Seitenscheitel und den stets gleichen hellblauen Oberhemden wirkte er geradezu farblos neben Lutz Breuer. Breuer hatte das Haar mit Gel modisch verwirbelt und trug ein fliederfarbenes Polohemd, auf dem gut sichtbar das Logo einer teuren Edelmarke prangte. Von Beruf Firmenerbe, von seiner Berufung her Held jedes Schützenfestes im weiten Umkreis – der Charmeur in der Runde.

So unterschiedlich die drei Männer auch äußerlich waren, eine gemeinsame Leidenschaft einte sie: Pilze.

Thomas Rodder nahm einen großen Schluck aus seinem Bierglas, bevor er fragte: »Hab ich euch schon von der Frau letzte Woche erzählt, die bei uns zu Hause geschellt hat? Muss wohl von Rita erfahren haben, dass ich mich mit Pilzen auskenne. Ich sitze also am Esstisch und blättere in der *Rhein-Zeitung*, Rita werkelt in der Küche, als es klingelt. Vor der Haustür besagte Dame. Ganz ansehnlich, ordentlich gefüllte Körbchen, und damit meine ich jetzt nicht ihre Pilzkörbe – höhö.« Rodder zwinkerte den beiden anderen zu. »Jedenfalls hat sie doch tatsächlich eine Unmenge von Riesen-Rötlingen dabei. Riesen-Rötlinge, *Entoloma sinuatum*. Und was sagt sie?« Rodders Stimme wechselte in eine höhere Oktave. »Ach, ich dachte, das wären junge Graukappen. Herrschaften, Graukappen! Mal abgesehen davon, dass Graukappen auch kein wirklicher Genuss sind, bei dem Geruch. Die Ernte jedenfalls war weg, ich habe beide Körbe konfisziert. Himmel, die wäre ja tagelang nicht mehr von der Toilette weggekommen. Und sie wollte mir nicht glauben, dass sie einfach darauf hätte achten müssen, dass der Riesen-Rötling niemals rosa gefärbte Lamellen hat. Um nur eins der Merkmale zu nennen.«

Thomas Rodder lächelte zufrieden, als Lutz und Jens anerkennend auf die Tischplatte klopften.

»Sie hatte noch ein paar Glimmerschüpplinge dabei, die habe ich ihr natürlich gelassen, da kann man ja nun wirklich nichts falsch machen, auch als Laie nicht.«

Rodder lächelte selbstzufrieden. Lutz Breuer nutzte die Pause und fragte: »Sag mal, Jens, mit unserer Wanderung ist doch alles klar, oder?«

Jens Müller schob die Hornbrille hoch und nickte. »In zwei Wochen geht's los, ich habe schon organisiert, dass wir mit zwei Autos zum Parkplatz vom *Höhlen- und Schluchtensteig-Traumpfad* fahren.«

»Wandern hatten wir ja noch nie. Aber zu anstrengend wird das doch nicht, oder?« Lutz fuhr sich mit der Hand lässig durchs Haar. »Ich hab am Montag drauf ein wichtiges Tennismatch, da kann ich mir keinen Muskelkater leisten.«

»Oh, nein, ich denke, das ist gut zu schaffen: 12,1 Kilometer lang, 405 Höhenmeter, Zeit insgesamt drei bis vier Stunden bei mittlerem Schwierigkeitsgrad.«

Thomas Rodder lachte bei der Aufzählung: »Mensch Jens, haste auch schon die einzelnen Abzweigungen auswendig gelernt?«

Müller ersparte sich eine Antwort. Sollte er zugeben, dass er sich den Streckenverlauf ihrer Wanderung natürlich schon ausgedruckt und laminiert hatte? Wohl kaum, auf den Spott konnte er verzichten.

»Aber mal ein ganz anderes Thema.« Lutz Breuer senkte die Stimme. »In der Woche nach der Wanderung ist es doch so weit? Dann ist das Jahr endlich um.«

»Stimmt, Lutz, du hast recht. Junge, dann können wir ja alle Mann ordentlich feiern«, bestätigte Rodder. Und an Jens gewandt fragte er: »Du kümmerst dich doch um den ganzen Papierkram?«

Jens Müller nickte stumm. Ja, um den Papierkram musste er sich immer kümmern, er, der kleine Verwaltungsangestellte, hatte schließlich ein Händchen für Formulare und Anträge.

»Na dann Prost!« Rodder hob sein Bierglas und stieß mit den beiden anderen an. »Auf unser Erbe, auf 250.000 Euro für die PFO.«

Als Jens Müller an diesem Abend nach Hause ging, konnte er nur schwer einen klaren Gedanken fassen, und das lag nicht an den drei großen Bieren, die er getrunken hatte. Hermann-Josef Merschbach, der steinreiche Gründer der Pilz-Freunde Osteifel, war vor gut einem Jahr gestorben und hatte in seinem Testament verfügt, dass seine Freunde 250.000 Euro erhielten. Geld, das für den Kauf und Ausbau eines kleinen Vereinsheims genutzt werden sollte. Merschbach wollte sich damit wohl selber ein Denkmal setzen. Ende des Monats war es so weit. Zuerst hatte es gedauert, bis das Geld zur Verfügung stand, und dann hatten die Pilz-Freunde beschlossen, am ersten Todestag ihres verstorbenen Freundes das Geld ganz offiziell anzunehmen und zu nutzen. 250.000 Euro – eine stolze Summe. Jens Müller begann zu schwitzen. Eine Viertelmillion – sein Problem war, dass es die ersten 50.000 Euro davon schon nicht mehr gab.

Im Polizeipräsidium

»Sie sagen also, dass Sie an diesem Abend mit den übrigen Pilzfreunden im Gasthof *Bärenkrug* zusammengesessen haben?«

»Ja, wobei wir diesmal nur zu dritt waren, eigentlich sind wir sieben: Thomas Rodder, Lutz Breuer, Uli Wagner, Jörg Miesbach, Thorsten Heinzel, Manni Brescher und meine Wenigkeit.«

»Die anderen Herren waren an diesem Abend nicht dabei?«

»Nein, da gab es wohl ganz unterschiedliche Gründe, das passiert schon mal.«

»Ähm, und in dieser feuchtfröhlichen Pilzrunde stellen Sie sich dann gegenseitig solche Pilzrätsel?«

»Wir erweitern unseren Wissensschatz. Nur so bleiben wir auf dem Laufenden, Herr Baumann. Im letzten Winter musste ich einem Bekannten aus der Finanzabteilung einen Gifthäubling praktisch unter der Nase wegreißen. Der hatte doch tatsächlich gedacht, er hätte da einen Samtfußrübling vor sich.«

»Ja, schon gut, aber noch einmal zurück zu besagtem Abend«, Gerster schaute auf seinen Notizblock. »Sie haben den ganzen Abend nur über die anstehende Wanderung gesprochen?«

»Natürlich, das war das Thema. Schließlich ist unsere gemeinsame Jahresexkursion einer der Höhepunkte unseres Kreises.«

»So, so, und dieser Höhepunkt am Sonntag verlief dann wie genau?«

»Nun, für gestern war ja glücklicherweise alles bis ins Detail geplant.«

Der Sonntag

Glücklicherweise hatte er alles bis ins Detail geplant. In seiner Lage konnte er es sich nicht leisten, dass ihm irgendetwas dazwischen kam. Hätte er nur vor Monaten genauso viel Sorgfalt walten lassen ... Aber dafür war es jetzt zu spät. Am Anfang war es nur eine Zahl auf dem Konto gewesen, für die er verantwortlich war. Klar, Konto und Kasse, wer wollte sich das schon ans Bein binden? Also hatten die anderen ihm diese Aufgabe übertragen. Als dann plötzlich sein Golf überraschend mit einem Motorschaden liegen geblieben war, wusste er nicht, wo er so schnell das Geld für einen neuen Wagen hernehmen sollte. Jahrelang hatte er mit seinem kleinen Gehalt das Pflegeheim für seine Mutter mitfinanziert, große Rücklagen waren da nicht möglich gewesen.

Er nahm sich vor, die 8.000 Euro für die Anzahlung nur kurz vom Erbkonto der Pilz-Freunde zu nehmen. Leihen würde er sich das Geld gewissermaßen. Und ihm blieb ja noch genug Zeit, um es in den kommenden Monaten zurückzuzahlen. Dann aber hatte er in Koblenz Beatrix kennen gelernt. Eine tolle Frau, die erste überhaupt, die sich ernsthaft für ihn interessierte. Na ja, nicht für Jens Müller, den Stadtangestellten, aber für Jens Müller, den erfolgreichen Unternehmer. Ausnahmsweise hatte er an jenem Abend mal kleidungsmäßig über die Stränge geschlagen. In den Wochen danach achtete er dann sehr genau auf das, was er trug. Die neue Garderobe, die Restaurants, Geschenke, Schmuckstücke – eines kam zum anderen. Als er schließlich erschrocken feststellen musste, dass die Summe, die er vom PFO-Konto geborgt hatte, längst größer war, als er je würde zurückzahlen können, brach ein Damm. Es kam ja sowieso nicht mehr darauf an. Beatrix war mehr als erfreut über den Wochenendtrip nach Rom gewesen. Er führte von nun an das perfekte Doppelleben: An den Wochentagen Hornbrille, spießige Oberhemden und der Job bei der Stadt, am Wochenende Kontaktlinsen, Cabrio, Schampus und die aufregende Beatrix.

Natürlich wusste er auch, dass es so nicht ewig weitergehen konnte. Spätestens zum Todestag des alten Merschbach würde alles auffliegen. Doch so weit würde er es nicht kommen lassen. Die anderen hatten ihn schließlich jahrelang ausgenutzt, ihre Witze und Späße über ihn gemacht, bereitwillig zugesehen, wie er sich mit Formularen, Konten und all dem langweiligen Kram abgemüht hatte, den sie selber nicht einmal mit der Kneifzange anfassen wollten.

Oh ja, jetzt war er an der Reihe, jetzt war er auf der Gewinnerstraße, keiner durfte ihm sein neues Leben wegnehmen. In den letzten Tagen hatte er sehr intensiv nachgedacht. Natürlich war ihm klar, dass die PFO aufhören musste zu existieren. Das war bedauerlich, aber Himmel, jeder muss mal sterben. Der eine früher, der andere später. Und wäre der Pilztod nicht ein angemessenes Ende? Doch da gab es ein Problem. Eine Pilzvergiftung lief nun mal nicht so ab, dass man einen Pilz aß und anschließend sofort tot umfiel. Bauchkrämpfe, Erbrechen, Schwindel, die Folgen einer Giftpilzmahlzeit waren vielfältig und vor allem in der Regel durch einen Arzt behandelbar. Nein, er durfte nichts dem Zufall überlassen. Genau deshalb hatte er alles genau ausgetüftelt.

»He, Jens, was ist jetzt? Kommst du oder suchst du noch Karte und Kompass?« Lutz Breuer riss ihn aus seinen Gedanken. Uli Wagner wieherte laut los, sein kugeliger Bauch unter dem Wanderanorak hüpfte auf und ab.

»Komm, lasst den Jens in Ruhe«, nahm Manni Brescher ihn in Schutz. »Aber du könntest jetzt wirklich mal kommen. Da vorne sind die ersten Hinweisschilder, wir können doch gar nicht falsch gehen. Was machst du also da noch?«

»Ich packe das Essen ein, und du kannst gerne tragen helfen.«

Manni lächelte zufrieden, als er die beiden großen Kühltaschen sah, die Jens aus dem Kofferraum holte. »Jedenfalls kann keiner sagen, du hättest nicht an alles gedacht, mein Lieber. He, Jörg, nimm ihm doch schon mal eine von den Kühltaschen ab. Fehlt noch was, Jens?«

»Ja, die Getränke, die stehen hier auch noch.«

»Thorsten, kannst du mit Uli die Getränke auf die Rucksäcke verteilen? Die Kühltaschen können wir dann reihum tragen.«

»Oder wir essen heute möglichst früh, dann müssen wir nicht so viel schleppen«, schlug Jörg Miesbach vor, erntete für seinen Vorschlag aber nur ein schiefes Grinsen von Manni Brescher.

Es dauerte noch eine Viertelstunde, bevor die Gruppe endlich losgehen konnte. Vom Parkplatz aus führte der Weg ein kurzes Stück an der Landstraße entlang, bevor es einen Feldweg steil bergab ging. Vor ihnen öffnete sich das Pöntertal, auf den sanft abfallenden Streuobstwiesen mit unzähligen alten Apfelbäumen glitzerte noch Tau in der Septembersonne. Jetzt, am Morgen, war es noch kühl, aber ein wolkenloser Himmel versprach einen warmen Spätsommertag.

»Höhlen und Schluchten sehe ich hier aber nicht«, maulte Jörg, nachdem sie eine Weile gegangen waren.

»Wart's ab, wir müssen jetzt erst einmal hier den Feldweg entlang und dann an der Krayer Mühle weiter in Richtung Tönisstein«, erklärte Jens. »Dann geht es hoch nach Kell ...«

»Aber da sind wir doch gerade erst durchgefahren«, warf Thorsten ein.

»Willst du jetzt wandern oder Auto fahren?«, wies Thomas ihn zurecht.

»Nein, schon gut, ist ja auch schön hier. Und wie geht es dann weiter?«

»Wenn wir von Kell aus wieder bergab gegangen sind, kommt ein besonders hübscher Teil der Strecke. Wir gehen durch Trasshöhlen und anschließend in die Wolfsschlucht, an deren Ende sogar ein kleiner Wasserfall ist. Spätestens dort sollten wir essen.«

Die anderen nickten zustimmend, nur Uli Wagner grummelte leise: »Rauf, runter, durch Höhlen und in eine Schlucht ... Mensch, ich hab jetzt schon Hunger.«

Als er feststellte, dass keiner in der Runde ihm Aufmerksamkeit schenkte, schwieg er und stapfte hinter den anderen her.

Im Polizeipräsidium
Hauptkommissar Gerster sah man an, dass ihn ein Teil des Berichtes besonders interessierte. »Sie sind also

dem *Höhlen- und Schluchtensteig* gefolgt und haben erst am Ende der Wolfsschlucht eine Pause eingelegt?«

»Ganz genau, nur leider gab es da nur eine Bank, sodass wir uns entschlossen, noch ein Stück weiterzugehen, bis wir einen Platz fanden, wo wir alle sitzen konnten.«

»Und dann wurden die Kühltaschen leer gefuttert?«, Baumann beugte sich neugierig vor und grinste.

»Dafür hatten wir sie ja mit, nicht wahr?«

»Und was haben Sie, wie Kollege Baumann es gerade ausdrückte, *gefuttert*?«

Jens Müller schob die Hornbrille hoch und überlegte kurz: »Wir hatten Salami, Käsewürfel, Weißbrot, Weintrauben und Nudelsalat mit Pilzen, Kochschinken und Mais.«

»Nudelsalat mit Pilzen, sagen Sie? Und den haben Sie gekauft?«

»Natürlich nicht. So etwas wird bei uns selbst zubereitet, das gehört sich so bei den Pilz-Freunden.«

»Erinnert mich an einen Radiosketch neulich: Pilze braten – Symptome raten.«

»Baumann!«

»'Tschuldigung, Chef.«

»Mein Kollege Baumann hier bringt mich da auf einen Punkt: Sie haben alle von dem Nudelsalat mit den Pilzen gegessen?«

»Aber natürlich. Wieso?«

Hauptkommissar Gerster überging die Frage, er starrte auf seinen Notizblock, runzelte die Stirn und schaute dann hoch. »Mhmm, das Gleiche hat auch Manni Brescher bei der Kollegin zu Protokoll gegeben.

Gab es viel zu trinken bei Ihrer Pause? Ich meine, Schnaps, Bier, Wein?«

»Wo denken Sie hin? Wir wollten wandern und nicht uns betrinken. Wir hatte nichts Alkoholisches dabei.«

»Dann verstehe ich nicht, wie es zu dem tödlichen Autounfall kommen konnte, bei dem fünf Ihrer Freunde ums Leben kamen. Wann war der Zeitpunkt, an dem sich Thomas Rodder volllaufen ließ, um sich sturzbesoffen hinters Steuer zu setzen?«

Jens Müller zuckte entschuldigend mit den Achseln: »Das ist mir auch ein Rätsel. Die anderen sind ja gestern bei ihm eingestiegen. Das alles ist ganz, ganz furchtbar. Vielleicht haben sie noch irgendwo Halt gemacht.«

Ganz sicher hatten sie noch Halt gemacht und zwar in dem Restaurant *Waldfrieden* oberhalb des Laacher Sees. Das hatte Jens ihnen ans Herz gelegt. So wie er Lutz, Thomas und die übrigen einschätzte, hatten die sich diesen Tipp nicht entgehen lassen. Manni Brescher dagegen war am Vortag mit ihm zurückgefahren. Jens wusste, dass Manni früh zu Hause sein wollte, weil er am nächsten Tag zeitig aufstehen musste. Mannis Aussage hatte er unbedingt gebraucht, damit kein Verdacht auf ihn fiel.

»Ja, wir sind dann wohl fertig. Oder gibt es noch etwas, das Sie uns sagen wollen?«

»Nein, Herr Hauptkommissar. Ich ... ich kann das alles immer noch nicht verstehen, es ist eine schreckliche Tragödie, ein Albtraum, ja, das ist es.«

»Da haben Sie allerdings Recht, Herr Müller. Danke, dass Sie unsere Fragen beantwortet haben. Mein Kollege Baumann wird Sie nach unten begleiten. Wenn wir noch Fragen haben sollten, werden wir uns bei Ihnen melden.«

»Ja, tun Sie das bitte. Einen schönen Tag noch, Herr Gerster.«

Als Jens wieder in seinem neuen Golf saß, atmete er einmal tief durch. Morgen Abend würde er sich mit Trixi treffen. Vorher aber musste er Manni Brescher besuchen. Angesichts der Tragödie würde der sicher einen Cognac nicht ausschlagen, dachte Jens. Natürlich würde er selber noch zwei, sicherheitshalber drei Tage keinen Tropfen trinken. Wie es dagegen mit Manni weitergehen würde, hatte er im Internet nachgelesen. Gleichgewichtsstörungen, langsame Reaktionen, dann hapert es mit der Sprache, Sehstörungen treten auf, der Kreislauf versagt, Bewusstlosigkeit, Atemstillstand, Kreislaufversagen – eine Alkoholvergiftung wie aus dem Lehrbuch, ausgelöst durch ein, zwei kleine Gläser Cognac. Jens würde Manni irgendwann alleine lassen. Früh genug, um sich noch ein Alibi zu verschaffen. Manni war der ideale Kandidat in der Runde gewesen: geschieden, keine Kinder, kein Mensch, der Hilfe holen würde, wenn es erst so weit war. Jens beruhigte sich mit dem Gedanken, dass Manni nicht würde leiden müssen, im Gegenteil. Entschlossen startete er den Wagen, am besten machte er sich direkt auf den Weg.

»Mensch, Jens, komm rein. Wo warst du denn?«

»Hallo Manni, ich saß bei der Polizei, die wollten alles über unsere Wanderung gestern wissen.«

»Ja, ich wurde auch befragt, aber ehrlich, was sollte ich denen denn erzählen? Wir zwei sind ja nicht mehr zu dem Gasthof gefahren. Aber dass der Thomas sich so die Kante gibt, wer hätte das gedacht?«

»Mir haben sie nur was von einem Unfall erzählt, aber keine Einzelheiten.«

»Die willst du auch gar nicht wissen. Thomas muss mit Vollgas gegen einen Baum gerast sein, ich hab ein Foto gesehen. Kein Wunder, dass da keiner lebend rausgekommen ist.«

»Sag mal Manni, hättest du einen Cognac für mich? Ich fühl mich ganz elend.«

Manni führte ihn ins Wohnzimmer. »Offengestanden wollte ich mir auch gerade eine kleine Stärkung genehmigen.«

Jens sah zu, wie Manni zwei Gläser großzügig mit Cognac füllte.

»Auf unsere Freunde.«

»Auf unsere Freunde ...«

Das Türklingeln unterbrach sie. Manni stellte das Glas auf den Tisch und hob fragend eine Augenbraue, bevor er zur Tür ging, um zu öffnen.

Augenblicke später standen Hauptkommissar Gerster und sein Kollege Baumann im Wohnzimmer.

»Guten Tag, die Herren. Wir kennen uns noch nicht, Herr Brescher. Hauptkommissar Gerster, und das ist mein Kollege Baumann.«

Manni Brescher blickte die beiden Polizisten fragend an.

»Es geht nicht um Sie, Herr Brescher. Jedenfalls nicht

direkt. Wir haben nur Herrn Müller gesucht, und dann fiel meinem Kollegen Baumann ein, dass er vielleicht bei Ihnen sein könnte. Wir wollten sicher gehen, dass Sie heute nichts trinken.« Gerster wies auf das Glas Cognac. »Davon würde ich die nächsten Tage die Finger lassen.«

»Aber ... ich verstehe nicht.«

»Kann ich mir denken. Aber Sie verstehen, nicht wahr, Herr Müller? Nudelsalat mit Pilzen. Lassen Sie mich raten, es waren junge Faltentintlinge, sollen ganz lecker sein. Mein Kollege Baumann ist zwar für manchen dummen Spruch gut, aber recherchieren kann er wie kein zweiter. Wie hieß das noch?«

»*Coprin*, Chef.«

»Richtig, *Coprin*. Sagt Ihnen das was, Herr Brescher?«

Manni starrte Jens an. Man konnte sehen, wie er langsam begriff: »Mein Gott – *Faltentintlinge. Coprin.*«

»Ja genau«, bestätigte Gerster, »man kann den Pilz gefahrlos essen, aber er blockiert für ein, zwei Tage den Alkoholabbau im Körper. Unschuldig ein Bierchen getrunken und, zack, kann es vorbei sein mit einem. Jedenfalls ist das der Grund, warum Ihre Pilz-Freunde gestorben sind.«

Manni ließ sich in einen Sessel fallen. »Das Erbe vom Merschbach ...«, murmelte er.

»Nun, das klingt für mich wie ein Motiv, das müssen Sie uns genauer erklären. Baumann, wenn Sie bitte Herrn Müller nach draußen begleiten würden.«

»Das Wandern ist des Müllers Lust, und jetzt wandern Sie hinter Gitter, Freundchen.«

»Baumann!«

»'Tschuldigung, Chef.«

Diesmal winkst du

VON Petra Steuber

Du sitzt auf der Terrasse und trinkst Tee. Dein Bruder hängt den ganzen Morgen über am Telefon und spielt mit seiner aktuellen Freundin Spielchen. Es wird aufgelegt und wieder angerufen. Du weißt, was gleich passieren wird, und genießt, solange es geht, die warme Morgensonne.

Du hast verstanden, warum euer Vater ihm die Leitung der Firma überließ. Patrick führt sich zwar auf wie ein zuckersüchtiges Kind im Süßwarenladen, während euer Vater schon immer Wert auf Disziplin und Einfachheit gelegt hat, doch Patrick hat Charme. Mitarbeiter, Investoren und der Stadtrat lieben ihn, ja sogar seine Verflossenen verzeihen ihm rasch. Du machst dir nichts vor, du versuchst gar nicht erst, zu sein wie er. Du kontrollierst die Zahlen, betreibst Schadensbegrenzung und regelst die Dinge im Hintergrund, während dein Bruder im Vordergrund glänzt. Seit euer Vater die Firma verlassen hat, ist Patrick der Boss und du der Buchhalter. Jeder nach seiner Fasson, hatte der Alte gesagt, und du warst zufrieden mit dieser Entscheidung. Dein Vater hat es zwar nie offen ausgesprochen, aber insgeheim bist du der Chef und spürst, dass du sein Erbe weiterträgst. Darum siehst du dem, was nun kommt, gelassen entgegen.

»Fährst du für mich raus?«, fragt Patrick und schaut dich mit seinem Hundeblick an, während er die Sprechmuschel des Telefons zuhält. »Sie ist sauer …«

Du stellst die Teetasse ab, langsam, du lässt ihn schmoren.

»Bitte, Bruderherz. Ich fahr dann nächste und übernächste Woche«, sagt er lauernd.

Jetzt nickst du. Patrick gibt dir einen Kuss auf die Stirn, und du musst unwillkürlich schmunzeln.

Die Fahrt zum Haus an der Rurtalsperre dauert eine Stunde. Als du die letzten Meter auf dem Forstweg entlang des Obersees dem Haus entgegenholperst, tritt dein Vater aus der Tür und hebt steif die Hand vor die Augen, um sich gegen die Sonne zu schützen. Er hat wohl keinen guten Tag, denkst du und meisterst das letzte Schlagloch, bevor dein Wagen zum Stehen kommt. Seit seinem Rückzug aus der Firma lebt er allein hier draußen.

»Tag, Patrick«, ruft er und hebt die Hand zum Gruß.

»Ja, klar, hallo. Wie geht's dir?«, sagst du amüsiert. Seit einigen Wochen erkennt er dich nicht mehr. Du bist vernünftig genug, es nicht persönlich zu nehmen.

Der Alte winkt ab. Du brauchst keine Antwort, um zu wissen, wie es ihm geht. Er wirkt mürrisch, spricht zu laut und riecht ungewaschen. Du machst dich ans

Werk. In den Zimmern saugst du die Staubmäuse auf, kontrollierst den Inhalt des Kühlschranks, reparierst die knarrende Terrassentür und schneidest ihm die Fußnägel. Ihr wechselt kaum ein paar Worte, der Alte versinkt mehr und mehr in seiner Welt. Auch wenn du es niemals zeigst, die Samstage am See deprimieren dich. Vor allem, weil bei deinem Bruder die Besuche offensichtlich anders verlaufen. Jedes Mal, wenn Patrick zurückkommt, hat er beste Laune und amüsiert sich über die Anekdoten des Alten.

»Warte!«, sagt dein Vater, als du schon abfahrbereit am Auto stehst. Die Sonne schafft es kaum noch durch den aufziehenden Dunst des Nachmittags. Verblüfft lächelst du, als dein Vater einen Koffer aus dem Haus schleppt und dir bedeutet, den Kofferraum zu öffnen. Du nimmst ihm das schwere alte Ding ab und hievst es hinein.

»Ist für dich, ja? Hörst du, nur für dich!« Dein Vater klingt ernst und nimmt dich bei den Schultern.

Du blickst ihm in die Augen, sie sind rot gerändert und fast vollständig unter den faltigen Augenlidern verschwunden. Doch du kannst Dankbarkeit und Anerkennung in ihnen erkennen.

»Papa ...«, stammelst du, denn die Geste deines alten Herrn rührt dich, selbst wenn nur Lumpen im Koffer sein sollten.

»Patrick, du bist mein Bester!«

Dieser Satz sticht wie ein Messer in deine Brust, aber du bist klug genug, um zu wissen, dass er es nicht so meint, und darum sagst du: »Jaja, schon gut«, und tätschelst seine Oberarme.

Doch er verstärkt den Griff und redet eindringlich auf dich ein, als wolle er in dich hineinkriechen. »War immer so. Das weißt du. Patrick! Und sag nichts dem anderen, versprich es mir.«

»Geht klar«, sagst du und lachst. Auch wenn es etwas unnatürlich klingt. Er kann sich nicht an deinen Namen erinnern, du bist für ihn der andere, der Dingsbums, der Nichtssagende. Du drückst ihn an dich. Denn du weißt, wie die Dinge wirklich stehen.

Du steigst in den Wagen, zündest den Motor, schlägst das Lenkrad ein. Du wendest und siehst in den Rückspiegel. Dein Vater steht mit einem so großen Lächeln im Gesicht da, als hätte sich gerade sein geheimster Wunsch erfüllt. Deine Hand hebt sich wie üblich zum Winken, doch eine kleine Bitterkeit bringt dich dazu, ihm diesen letzten Gruß vorzuenthalten.

An der Tankstelle entdeckst du das Geld. Du bist neugierig geworden und hast nachgesehen. Der Koffer enthält kleine und große Scheine, sie sind gebündelt und sehen fast neu aus. Vielleicht dreihunderttausend? Eine halbe Million? In jedem Fall Geld, das dein Vater an den Büchern vorbeigeschleust, gesammelt und nun an seinen Lieblingssohn verschenkt hat. Der nicht du bist.

Du, der namenlose andere, schließt den Kofferraum und ziehst in der Tankstelle einen Kaffee aus dem Automaten. Das ungewohnte Gesöff brennt in deinem Magen wie Säure. Dieser Schmerz scheint all das Wehleidige, Verzweifelte und Zornige zu verstärken, was sich nun in dir bildet.

Die Amseln beginnen, einander zu rufen. Ihre kurzen abgehackten Laute sind durch die geschlossenen Fenster des Büros der Werksleitung zu hören, als wären die schwarzen Vögel mit im Raum. Vor den Fenstern ist es Abend. Die Schreibtischlampe wirft schwachblaues Licht auf den Körper deines Bruders, der quer über den Tisch fällt, als erlitte er beim Griff nach einem Kuli einen Schwächeanfall. Das Telefon, das er gerade noch in der Hand hielt, fällt krachend zu Boden, und du hörst eine Frauenstimme. Du hörst die Worte »Scheißkerl« und »wenn das jetzt witzig sein soll«, dann erklingt das Tuten, sie hat aufgelegt. Bestimmt kann sie heute Nacht nicht schlafen, denkst du. Wenn es doch nur etwas gäbe, das einen wirklich beruhigt schlafen ließe. Ohne Betäubung. Keine Pille, sondern ein Gedanke müsste es sein. Doch zunächst hast du ein ganz anderes Problem zu lösen. In deiner Hand hältst du einen eckigen Aschenbecher aus Kristall, in der Mitte prangt euer Firmenlogo. Du hast damit ausgeholt und deinen Bruder am Hinterkopf getroffen. Ob es ein Geräusch gab, daran kannst du dich nicht erinnern, aber beim Aufprall spürtest du schmerzhaft deine Hand. Du bist kein kräftiger Typ. Du steckst das blutige Glasding in deine Aktentasche.

Die Stelle am Hinterkopf glänzt feucht, und seine Locken sind eingedrückt. Du weißt, dass du die Leiche nicht beseitigen kannst. Er ist groß und sportlich, zwei Jahre älter als du und einige Kilo schwerer. Du hast gar nicht vor, die Leiche zu beseitigen. Still, unauffällig und loyal, so bist du, und deshalb wird dich niemand verdächtigen.

Du nimmst deine Aktentasche, verlässt das Büro, gehst durch die Halle und lauschst draußen dem Abendkonzert der Amseln. Es war notwendig, denn du kannst nicht jeden Tag den Schmerz ertragen, dass du nicht zählst. Niemand kann die eigene Auslöschung ertragen. Und du hast es, weiß Gott, versucht.

Als du beim See ankommst, ist es Nacht. Die Scheinwerfer deines Wagens werden ihn sicher gleich herauslocken, dann kannst du ihm sagen, dass sein Lieblingssohn umgebracht wurde. Jetzt hat er nur noch dich. Vielleicht begreift er es, vielleicht auch nicht. Du wartest einige Minuten, aber er kommt nicht. Also gehst du hinters Haus. Es ist still hier, und du schaust auf das im Mondlicht graue Wasser. Du willst ihm das blutige Glasding zeigen, du willst es vor seinen Augen in den See werfen, du willst ihm sagen, dass du es warst, du willst seinen Schmerz sehen.

»n'Abend«, sagt dein Vater plötzlich hinter dir. Du hast nicht gehört, wie er hinaustrat, du hast schließlich die Tür repariert.

»Patrick ist tot«, sagst du mit tonloser Stimme und wendest deinen Blick nicht vom Wasser ab. Du genießt den Moment der Ruhe, der gleich lautstarker Verzweiflung weichen wird. Vielleicht sogar einem Schrei. Dein Vater macht einen Schritt auf dich zu. Jetzt. Gleich. Du spürst ein winziges, ja fast kindliches Lachen in dir aufsteigen.

»So, du hast ihn also umgebracht«, sagt er. »Und keiner wird dir draufkommen.«

Du drehst dich zu ihm um. Deine Stirn legt sich in Falten, dass es wehtut, dein Mund steht offen. Wahrscheinlich schläfst du, und das hier ist ein Traum.

»Du bist der Clevere. Du weißt, wie man sich als Mann, der was erreichen will, verhält. Du bist aus hartem Holz geschnitzt. Wie ich.«

Du glaubst, Stolz in der Stimme deines Vaters zu hören. Aber du kannst die Worte nicht glauben, die du da hörst.

»Ich bin nicht senil«, sagt er und legt dir die Hand auf die Schulter. »Hast du das Geld?« Er neigt sich leicht zu dir. Dir wird flau im Magen.

»Ist im Kofferraum«, bringst du mühsam hervor.

»Na, dann komm«, sagt er und schlägt dir freundschaftlich auf den Rücken. Ihr geht zusammen zum Wagen, und du hievst den Koffer heraus. Dein Vater hockt sich auf die kalte feuchte Erde und lässt die Schlösser aufschnappen.

»Zuverlässig wie eh und je«, sagt er, und du weißt nicht, ob er die Schlösser oder dich meint. »Tut mir leid, dass ich dich reinlegen musste.«

»Ja …«, sagst du zögerlich, denn du verstehst seine letzte Bemerkung nicht. »Willst du das Geld zurück?«

»Fifty-fifty, ist fair. Schließlich hast du die Drecksarbeit erledigt. Aber ich war mir nicht sicher, ob du's verstehen würdest, darum hab ich dir den senilen Trottel vorgespielt.«

Er beginnt das Geld bündelweise in den Kofferraum zu werfen. Dein Anteil. Dein Lohn.

»Patrick war ein Nichtsnutz, er hätte die Firma bald kaputt gemacht. Aber du weißt ja, wie das hier läuft. Die Eifel gibt sich zwar jetzt modern, aber es wird erwartet, dass der Älteste die Firma erbt. Diesen Unsinn nennt man dann Tradition.«

»Aber ...«, sagst du und zweifelst an deinem Verstand, darum sprichst du nicht weiter.

»Du verdrückst eine Träne, erinnerst daran, wie großartig er war und was er alles für den Kreis getan hat. Sollen sie ihn für einen Helden halten, dann können wir unsere Arbeit machen. Ein toter Held kann niemals fallen. Patrick wäre das aber zweifellos passiert und das musste ich verhindern. Du verstehst das doch?«

Du wunderst dich so stark über die Dinge, die dein Vater in den letzten Minuten gesagt hat, dass dein Hirn mit der Verarbeitung kaum hinterherkommt. Aber wenn du alles richtig verstanden hast, dann ist dein Vater das mieseste Dreckschwein auf diesem Planeten.

»Es muss auch die dunklen Helden geben, nicht wahr, mein Junge? Ihre Taten lassen die Hellen noch heller strahlen. Was wäre aus Jesus geworden ohne Judas? Ein Tattergreis, dessen Predigten irgendwann keiner mehr hätte hören wollen«, sagt er und macht den Koffer zu. »Ohne Kain würde kein Hahn nach Abel krähen.« Er lacht.

Und du bist der dümmste Hampelmann mit einer Schnur am Hintern, an der dein Vater nur zu ziehen brauchte. Deine Rolle hat sich nicht verbessert. Vom blassen Buchhalter zum Brudermörder. All deine Gefühle, die Verzweiflung und der Zorn, waren lediglich Teil einer Geschichte, die dein Vater geschrieben hat. All deine Gedanken waren nichts. Er steht auf und klopft sich den Dreck von den Hosenbeinen. Jetzt wäre es an der Zeit zuzuschlagen, die Stange des Wagenhebers liegt in Griffweite.

»Mark«, sagt er väterlich und nickt zum Abschied.

Du aber schließt den Kofferraum, lässt dir von ihm auf die Schulter klopfen und steigst ein. Diesmal winkst du.

Mordsscharfer Senf

VON GUIDO M. BREUER

Kriminalkommissar Jo Wollbrand seufzte. Die geduldige Beifahrerin war nicht gerade Kerstins Lieblingsrolle. Den Beginn der Veranstaltung, auf die sie sich seit Monaten freute, wollte sie keinesfalls verpassen. Sie war eine leidenschaftliche Hobbyköchin, kannte unzählige raffinierte Rezepte feinster Gerichte, die man mit den verschiedensten Senfsorten zubereiten konnte. Und an diesem Freitag begann das lange Wochenende der Spitzenköche, die sich in der Monschauer Senfmühle ein Stelldichein gaben, um den Weltmeister der Senfköche zu küren. Kerstin war total aufgeregt, und Jo freute sich auf ein paar ruhige Tage, gepflegte Langeweile und viel gutes Essen. Was konnte schon Aufregendes passieren, wenn ein paar Sterneköche um die Wette brutzelten?

»Da vorn muss irgendwo unsere Pension sein«, meinte Jo.

»Nee!«, rief Kerstin. »Zu spät. Du setzt mich zuerst an der Senfmühle ab. Dann fährst du zurück, lädst das Gepäck ab, machst das Zimmer klar und kommst nach!«

»*Yes Ma'am*«, murmelte Jo und tat, wie ihm geheißen.

Er erreichte die Senfmühle und ließ Kerstin vor dem Restaurant mit dem passenden Namen *Schnabuleum* raus. Dann fuhr er zurück zu der Pension, wo er zwei riesige Koffer und seine Tasche aus dem Auto zur Rezeption schleppte. Es erschien ihm einmal mehr unglaublich, welche Lasten eine Frau mit sich führte, wenn sie drei Tage außer Haus verbrachte. Als er wenig später zurück in der Senfmühle war und sich unter die Besucher mischte, traf er Kerstin , als gerade der Einzug des amtierenden Weltmeisters mit einer Show-Kreation angekündigt wurde. Mit einem breiten Grinsen von Ohr zu Ohr erschien der beste Senfkoch des zurückliegenden Jahres, begleitet von seinem Team.

»Das ist Michel Tricatel, der Weltmeister«, flüsterte Kerstin.

Man trug mittels einer Sänfte ein monumentales Tablett herein, auf dem eine gewaltige silberne Haube die erste Attraktion des Abends vor den neugierigen Blicken des Publikums verbarg. Jo merkte, dass er Hunger hatte, und stellte sich vor, unter der Haube läge ein riesiges Steak mit einem Schlag kräftigem Bärlauch-Senf. Doch etwas so Leckeres und Einfaches war wohl kaum eines Senfweltmeisters würdig. Als die Haube gelüftet wurde, kam eine Platte mit diversen Köstlichkeiten zum Vorschein, die Jo aus der Entfernung nicht identifizieren konnte. Die Krönung im wahrsten Sinne des Wortes sollte eine aus Senfschaum gebackene Krone sein. Diese jedoch nahm sich recht kümmerlich aus, denn man hatte sie ganz offensichtlich gewaltsam ihrer Zacken beraubt. Des Maestros Grinsen erfror, sein Gesicht wurde erst blass, dann puterrot. Er begann lauthals zu fluchen: »*Putain de merde! Zut alors! Assassin brutal! Je le méprise pour sa lâcheté!*«

Jo verstand nicht alles, aber die Grundaussage des beleidigten Künstlers war allen Anwesenden klar. Die Gastgeber eilten zu dem aufgebrachten Koch und redeten beruhigend auf ihn ein. Irgendwie schaffte man es, den Maestro zumindest so weit zu besänftigen, dass dieser den Weg für die weiteren Eröffnungsdarbietungen seiner Mitstreiter freigab.

Nach und nach trug man diverse Sensationen in den Saal, die allesamt mehr oder weniger senflastig waren. Jo ließ sich von Kerstin das eine oder andere erklären, bis sein Hunger so groß wurde, dass er ihr nicht mehr konzentriert zu folgen vermochte. Zu seinem Glück wurden die aufgetragenen Spezialitäten irgendwann zum Verzehr freigegeben, und Jo fand sogar eine Platte mit einem mordsmäßig blutigen Roastbeef an einer Senfsauce, die fein nach Bärlauch schmeckte. Und zu seiner großen Freude taute Kerstin im Laufe des Abends sichtlich auf und animierte ihn zum Genuss einer großen Menge eines alkoholischen Getränks, das die Eingeborenen *Els* nannten. Und da Jo den bitteren, hustensaftähnlichen Geschmack mit einigen Gläsern dunklem Monschauer Zwickelbier heruntergespült hatte, war er sehr entspannt. Als sie zeitig die Pension aufsuchten, fiel, er, kaum dass er Kissenkontakt aufgenommen hatte, in einen tiefen, traumlosen Schlaf.

Der Morgen war für Jo weniger entspannt. Bier und Likör hatten einen kleinen Kater hinterlassen, den er, von Kerstin angetrieben, beim schnellen Sprung unter die Dusche mitnahm. Zu seinem Leidwesen kam der Kater auch mit ihm gemeinsam wieder heraus und begleitete ihn weiter zum ebenfalls sehr kurzen Frühstück. Sie gingen die wenigen Schritte bis zur Senfmühle, wo ein langes Tagesprogramm auf sie wartete. Vor dem Haus wurden sie jedoch von einer Polizeiabsperrung aufgehalten.

»Was ist denn hier los?«, fragte Kerstin.

»Keine Ahnung, mal schauen.« Jo schickte sich an, unter dem Plastikband hindurchzuschlüpfen. Dabei wurde er von einem Polizisten gestoppt.

»Sie können hier nicht durch!«

»Bestimmt kann ich das«, entgegnete Jo knurrig und holte seinen Ausweis hervor. »Kripo Aachen, K11«, fügte er hinzu.

»Sind Sie jetzt hier zuständig?«, fragte der Uniformierte zurück.

»Wenn Sie's nicht sind«, brummte Jo und steckte seinen Ausweis wieder ein. »Setzen Sie mich mal bitte ins Bild, Kollege.«

»Da ist ein Mann erstochen worden, ein ausländischer Koch.«

Jo seufzte. Das freie Wochenende war also vorbei, bevor es richtig angefangen hatte. Mürrisch setzte er sich in Bewegung und betrat, begleitet von Kerstin und seinem Elskater, das *Schnabuleum*. Die Kollegen von der Spurensicherung waren schon da und hatten offenbar den größten Teil ihrer Arbeit schon erledigt. Jo ging zu der Stelle, an der sich die meisten Personen befanden, da er dort das Mordopfer vermutete. Sein Aachener Kollege Delzepich war froh, ihn zu sehen.

»Jo, wo bleibst du denn so lange? Wir haben dich nicht erreicht, da musste ich als Vertretung raus.«

»Ich hab doch mein freies Wochenende, du Vogel«, knurrte Jo. Er sah sich suchend um. »Wo ist denn nun der Senfmeister?«

»Der steht da.« Delzepich zeigte auf einen Mann, der sich mit unglücklicher Miene den silbernen Vollbart raufte.

»Was?«, fragte Jo. »Der lebt ja noch!«

»Das ist Guido Breuer, der Senior-Senfmüller und Hausherr.«

»Mensch Delzepich«, knurrte Jo genervt. »Ich will die Leiche sehen!« Er reichte, da er trotz seines Katers ein grundsätzlich freundlicher Mensch war, dem Hausherrn die Hand. »Hauptkommissar Wollbrand, Kripo Aachen. Tut mir leid, Herr Breuer, wenn Ihre schöne Veranstaltung einen anderen Verlauf nimmt als geplant.«

Der Senfmüller nickte bekümmert. »Fragen Sie mal meine Tochter Ruth, die hat das hier alles organisiert.« Die junge Frau an seiner Seite nickte bitter und wies hinter einen Tisch.

»Da liegt er, Herr Wollbrand. Schlimme Sache.«

Jo ging um den Tisch herum und sah das Opfer. »Wurde die Leiche schon bewegt?«

»Nee«, antwortete einer der in weißen Overalls gekleideten Spezialisten der Gerichtsmedizin, »oberflächlich untersucht, aber nicht bewegt. Er liegt da, wie er vom Mörder verlassen wurde.«

Jo erkannte jetzt auch den Toten. Es war der französische Titelverteidiger Tricatel, den er am Vorabend in höchster Erregung hatte bewundern dürfen. Er trug immer noch seinen weißen Anzug. Dieser jedoch wurde durch einen riesigen roten Fleck auf der Brust verunreinigt. Aus der Mitte dieses Flecks ragte ein Fleischermesser hervor. Die Klinge war so lang, dass sie immer noch ein gutes Stück aus dem Körper hervortrat.

»Schon irgendeine Idee wegen der Todesursache?«, fragte Jo und betrachtete den Toten intensiv. Das Gesicht des Franzosen schien keineswegs schmerzverzerrt. Der Tote wirkte eher überrascht, vielleicht auch ein bisschen verärgert. Er ging noch näher an das Messer heran, bis seine Nasenspitze fast die Schneide berührte. Dann blickte er zur Seite und winkte die Hausherren heran. »Sagen Sie«, brummte er, »was glauben Sie, ist das hier?« Er zeigte ganz vorsichtig mit der Fingerspitze auf die Messerklinge. Der alte Senfmüller kam zögerlich näher. »Was meinen Sie?«

»Das Zeug hier«, antwortete Jo und wies auf eine grünliche Substanz, die an der Klinge klebte. Breuer und seine Tochter blickten mit einer Mischung aus Ekel und Neugier auf die Mordwaffe.

»Also«, sagte Breuer. »Wenn mich nicht alles täuscht, dann ist das … Senf.«

Jo nickte. »Das denke ich auch. Aber da ich nun mal einen ausgewiesenen Spezialisten frage: Geht es nicht ein bisschen genauer?«

Der Senfmüller sah den Kommissar mit großen Augen an. »Schon, aber dann müsste ich probieren.«

»Nur zu«, meinte Jo und strich vorsichtig und ohne das Metall der Messerklinge zu berühren eine kleine Menge der Substanz auf seine Fingerspitze. »Sie erlauben, dass ich vorkoste?«

»Aber bitte!«

Jo grinste wölfisch und leckte seine Fingerspitze ab. Er schnalzte mit der Zunge und versuchte, die Signale seiner Geschmacksnerven intensiv zu interpretieren. Dann meinte er: »Tja, ich würde sagen, das ist eindeutig Senf.«

»Nee, is dat fies«, sagte ein auffallend kleiner Mann, der durch seine Aussprache als der Kölner Sternekoch Manni Erberich erkennbar war. Er wandte sich voller Ekel ab. Jo lachte. »Keine Scheu, meine Herren! Ich brauche das Urteil eines Meisters!« Guido Breuer sah seine Tochter Ruth an, die sofort abwinkte. Dann kam er wieder etwas näher und meinte mit sichtlichem Bemühen um Beherrschung:

»Na gut, wenn Sie das für richtig und wichtig halten.«

Dann tat er es Jo nach und nahm eine Kostprobe von der Mordwaffe, wobei er versuchte, den Senf möglichst weit oben am Griff von der Schneide abzustreifen. Er nahm die Probe in den Mund und schmeckte konzentriert. Nach einigen Sekunden atmete er tief durch und meinte: »Dieser Senf ist gut.« Und nach einer kurzen Pause fügte er hinzu: »Aber Gott sei Dank nicht von mir!«

»Was meinen Sie genau?«, fragte Jo.

»Wie ich schon sagte: dieser Senf basiert auf keinem meiner Rezepte. Aber er ist so außergewöhnlich gut und sein Geschmack so intensiv, dass ich mich traue, eine Vermutung auszusprechen.« Er machte eine Pause, sodass Jo sich genötigt fühlte zu fragen: »Und?«

Der Senfmüller kraulte nachdenklich seinen Bart, dann meinte er: »Natürlich kann ich mich angesichts der Umstände täuschen, aber ich wette, es handelt sich um den berühmten Pistaziensenf von Jacques Breleur.«

»Aber wie können Sie das sagen, Monsieur Breuer?«, rief ein Mann und kam aufgeregt auf sie zu gerannt.

»Das ist Herr Breleur, belgischer Spitzenkoch und größter Konkurrent des Toten beim Kampf um die Weltmeisterkrone der Senfköche«, erklärte Delzepich, der den aufgeregten Koch gepackt hatte und diesen daran hinderte, näher an die Leiche heranzutreten. »Wir haben ihn eben bereits vernommen.«

Jo grinste. »Da haben wir also schon einen Tatverdächtigen.«

»Mais non!«, rief der Belgier erzürnt aus. »Das ist nicht mein Senf, das ist ganz und gar unmöglich!«

Jos Grinsen wurde noch breiter. »Und warum soll das nicht möglich sein? Passt Ihr Senf etwa nicht zu französischen Fleischgerichten?«

Der Koch wand sich aus dem Griff des Polizisten und kam einen Schritt näher. Er betrachtete den Toten und das Messer. »Pah!«, rief er dann aus. »Der Senf ist doch schon angetrocknet. Unmöglich zu entscheiden, ob das meine Kreation ist. Vielleicht hat jemand meinen Senf gefälscht, um den Verdacht auf mich zu lenken.« Und mit einem Schmunzeln fügte er hinzu: »Frisch ist meine *moutarde pistache* natürlich unverwechselbar.«

Jo lächelte nachsichtig. »Wir werden das alles im Labor genau prüfen. Alle weiteren Schlussfolgerungen überlassen Sie ruhig uns, mein Lieber. Und jetzt möchte ich Sie bitten, sich zu entfernen.« Und laut setzte er hinzu: »Bitte nun mal alle raus, die nicht Ermittler oder Mörder sind!«

Dann wandte er sich an seinen Kollegen.

»Delzepich, alle Teilnehmer des Wettbewerbs haben sich für Verhöre bereit zu halten. Die Mitarbeiter der Senfmühle natürlich auch. Und – die Veranstaltung ist abgesagt. Hier wird heute kein Wettbewerb stattfinden.« Ruth Breuer nickte traurig. »Das habe ich befürchtet. Wenn Sie uns brauchen, wir stehen Ihnen gern zur Verfügung.«

Als die Senfmüller gegangen waren, fauchte Kerstin:

»Jo, das kannst du doch nicht machen! Weißt du, wie wichtig dieser Wettbewerb ist?« Er lachte kurz und trocken. Dann wies er auf die Leiche.

»Und hast du eine Idee, mein senfscharfer Schnuckelschatz, wie wir diese Sauerei aufklären sollen, wenn hier gleich hundert Leute rumlaufen und zusehen, wie sich ein Dutzend Mordverdächtige gegenseitig mit Senf bekriegt?«

Dann sah er wieder den toten Koch an und ergänzte: »Ein Dutzend minus einer.«

Ein paar Stunden später saß Jo in einem leeren *Schnabuleum* und ließ sich einen Eifeler Lammbraten nach Art des Hauses schmecken. Der tote Koch war in der Pathologie, der Senf im Labor, Kerstin hatte er zum Shoppen in den Ort geschickt, und der Vormittag war mit Verhören vergangen, die allesamt nichts erbracht hatten. Wenigstens hatte der Elskater sich unbemerkt verzogen. Jo beendete sein Mahl, lehnte einen abschließenden Senflikör ab und unternahm einen Verdauungsspaziergang. Er verließ das *Schnabuleum*, ging über den Hof und betrat den Verkaufsraum der Senfmühle. Er schlenderte nach rechts, wo die dargebotenen Artikel von Senf über Likör zu Wein wechselten. Er fragte sich gerade, ob selbst der Wein hier aus Senf gekeltert sein könnte, als er in einem Nebenraum jemand flüstern hörte.

»Du Biest, du ahnst nicht, wie sehr ich dich vermisst habe.« Heftiges Atmen, schnalzende Geräusche von hastig aufeinandergepressten Lippen, dann eine weibliche Stimme: »Lass doch, das geht nicht.«

Die Männerstimme antwortete: »Wieso, dein Kerl ist doch tot.«

»Sag doch nicht so was Herzloses.«

»Ich habe ein Herz für dich, nicht für diesen Typen, mit dem du durchgebrannt bist.«

»Oh, lass doch die alten Geschichten. Küss mich!«

Dann wieder Schmatzen und heftiges Atmen. Dann sogar Stöhnen. Jo hatte genug. Er trat in den Raum und sagte laut: »Oh bitte, ich will mehr hören von diesen alten Geschichten!«

Der Kommissar blickte in die erhitzten Gesichter eines Paares. Er, ein Mann in der Berufskleidung eines Kochs, sie in sehr elegantem Outfit mit einer leicht zerstörten Frisur, die sie eilig zu ordnen begann.

»Entschuldigen Sie die Störung. Hauptkommissar Wollbrand, Kripo Aachen. Ich untersuche den Mord, von dem Sie gerade offenbar sprachen.«

»Wieso?«, fragte der Koch, dessen leicht gerötetes Gesicht nun die Farbe einer Fleischtomate annahm. Jo grinste. »Ich bitte Sie. Bevor Sie in nonverbale Kommunikation abglitten, sprachen Sie von einem Kerl, der nun tot ist.«

»Sie haben recht«, antwortete die Frau. »Wir sprachen von meinem Lebensgefährten, der heute Morgen ermordet aufgefunden wurde. Und um es gleich zu sagen: Wir beide sind unschuldig.« Der neben ihr stehende Mann nickte dazu eifrig. Jos Grinsen wurde breiter. »Das sagen sie alle. Darf ich Ihre Namen notieren?« Er zückte Notizblock und Bleistift.

»Gisbert Freiherr von der Breidelsley«, antwortete der Koch. »Ich bin Teilnehmer am Wettbewerb, den Sie eben abgesagt haben.«

»Salomé Holzportz«, hauchte sie. Jo notierte die Namen, wobei er das Gefühl hatte, dass das Graphit sich dabei sträubte. Prompt brach die Spitze ab.

»Mist«, fluchte der Kommissar. Er wollte den Notizblock wieder wegstecken, doch von der Breidelsley griff in seine Brusttasche und reichte ihm einen Kuli.

»Vielen Dank«, sagte Jo. »Sagen Sie, wusste der liebe Verblichene von Ihrem Verhältnis?«

»Ja«, antwortete Salomé Holzportz nach kurzem Zögern. »Aber es gab kein Verhältnis mehr, seit ich mich von Gisbert getrennt hatte und mit Michel zusammen lebte.«

»Wir haben uns eben erst nach langer Zeit wiedergesehen«, ergänzte der Freiherr. »Und da flackerte wieder etwas auf, wenn Sie verstehen.«

»Die Trauer hat mich schwach gemacht«, fügte Salomé mit einem verklärten Augenaufschlag hinzu.

Jo nickte. »Oh ja, ich verstehe. Sie haben den hier anwesenden Herrn zugunsten des Ermordeten verlassen und nun zur Feier des Todes ... äh ... Entschuldigung, des Tages wollte ich sagen, ein spontanes Wiedersehensknutschen veranstaltet.«

»Das ist sehr respektlos ausgedrückt, aber ... ja«, antwortete Gisbert von der Breidelsley. »Mit dem Tod von Michel haben wir absolut nichts zu tun ... also ... ich jedenfalls nicht.«

»Gisbert!«, rief Salomé Holzportz erbost.

»Nicht doch«, warf Jo ein. »Der Herr kann nur für sich sprechen, wenn Sie beide in Bezug auf Ihr Verhältnis nicht gelogen haben. Das heißt, falls Sie nicht erst heute den Spaß aneinander wiederentdeckt haben sollten.«

»Ach so«, sagte Salomé und übte nochmals ihren Augenaufschlag. »Dann ist es ja gut. Aber sagen Sie, Herr Kommissar, wer tut denn so etwas Schreckliches? Michel hatte bei seinem Erfolg sicher viele Neider, aber soweit ich weiß keine wirklichen Feinde.«

»Ich dachte, hier könnten Sie mir vielleicht weiterhelfen. Wer von den anderen Köchen kannte den Toten denn noch privat, außer Ihnen?«

Die beiden schüttelten den Kopf. Jo gab dem Koch seinen Stift zurück und meinte: »Gut, bitte halten Sie sich weiterhin hier auf dem Gelände zur Verfügung.« Die beiden nickten brav, und Jo ließ sie allein.

Vor dem Haus traf er Kerstin, die mit vollen Einkaufstüten bei einer Reihe von Köchen stand, die aufgeregt in mehreren Sprachen auf einen sichtlich überforderten Kommissar Delzepich einredeten. Jo begrüßte sie mit einem flüchtigen Kuss und wandte sich dann an die anderen. »Was ist denn hier los?«

Delzepich zuckte mit den Schultern. »Die reden alle durcheinander, aber verstanden habe ich vor allem, dass sie nach Hause wollen.«

»Meine Damen und Herren!«, rief Jo. »Bitte haben Sie Verständnis dafür, dass Sie den Ort heute noch nicht verlassen können. Sie alle sind Verdächtige in einem Mordfall, und ich kann Sie nicht sofort in alle möglichen Länder abreisen lassen.«

Ein Mann stieß erbost einige Sätze in rasend schnellem Französisch hervor. Jo wandte sich ratlos an Kerstin.

»Schnuckel, du kannst doch Französisch. Was hat er gesagt?«

Kerstin antwortete: »Ich habe nicht alles verstanden, aber er ist der *Bailli de Confrérie de la Chaîne des Rôtisseurs* und verlangt abzureisen.«

»Was ist er?«

Kerstin grinste. »Du hast aber auch gar keinen Schimmer. Er leitet die Bruderschaft der Spießbrater in Frankreich, ist also so etwas wie der oberste Chefkoch von allen.«

»So«, brummte Jo. »Dann sag ihm, er und seine Spießgesellen sind des Mordes verdächtig und keiner verlässt die Küche, bevor der Braten fertig ist. Und der Chefkoch hier bin ich!«

Nach einigem Hin und Her waren die Köche bereit, mindestens bis zum nächsten Tag in der Senfmühle zu bleiben. Es wurden auch Befürchtungen laut, der unbekannte Mörder könne erneut im Kreise der Wettbewerbsteilnehmer zuschlagen. Man beschloss, die Nacht gemeinsam im *Schnabuleum* zu verbringen, um im

Schutze der Gruppe die Sachlage zu diskutieren, da an Schlaf ohnehin nicht zu denken war.

Die Köche hatten Jo für die Nacht um Polizeischutz gebeten. Und so war er kurzerhand mit Kerstin dort geblieben. Er hatte gehofft, nach einem guten Abendessen und einigen Flaschen Wein in ergiebigeren Gesprächen zu weiteren Tatmotiven vordringen zu können. Vielleicht lag es daran, dass er selbst mehr getrunken hatte als die meisten Verdächtigen, jedenfalls konnte er aus den vielen Informationsschnipseln kein klares Bild zusammensetzen. Irgendwann kam Kerstin aus dem Gähnen nicht mehr heraus und verabschiedete sich in Richtung Pension. Jo blieb, wie er es einigen besorgten Teilnehmern der Senfkochrunde versprochen hatte.

Im weiteren Verlauf der Nacht verloren die Gespräche an Lebhaftigkeit. Es wurde stiller im Raum. Die Familie Breuer und die Mitarbeiter überließen das Lokal den Gästen und begaben sich zu Bett. Auch Jo wurde sehr müde. Immer öfter schloss er für einige Sekunden die Augen, um die schweren Lider zu entlasten. Dann wurde er plötzlich von einem Aufschrei geweckt und brauchte einen Moment um zu realisieren, dass das Licht erloschen und der Raum stockfinster war. Es entstand ein wildes Durcheinander in der Dunkelheit. Stühle wurden umgeworfen, Stimmen überschlugen sich in angsterfülltem Gezeter mehrerer Sprachen.

»Ruhe!«, brüllte Jo, doch niemand achtete darauf. Er erhob sich aus seinem Stuhl und wollte in Richtung Ausgang springen, als jemand ihn anrempelte und zu

Boden stieß. Er blieb einen Moment benommen liegen. Seltsame Empfindungen schossen ihm durch den Kopf und verschwanden zu schnell, als dass er sie hätte fassen können. Als er sich dann wieder erhob, wurden bereits die ersten Feuerzeuge und Kerzen entzündet.

Der Kommissar begab sich zum Lichtschalter und betätigte ihn, jedoch ohne Erfolg. Bevor er sich weiter mit diesem Problem beschäftigen konnte, ließ ihn ein weiterer Aufschrei herumfahren. Schnell eilte er in die Mitte des Raumes, wo die anwesenden Köche einen Kreis bildeten. Als Jo hinzugetreten war, erblickte er inmitten der schreckstarren Kochrunde einen auf dem Boden liegenden Körper. Spontan dachte er, dass tote Köche doch irgendwie alle gleich aussehen.

Der weiße Brustlatz färbte sich rings um die im Kerzenschein funkelnde Messerklinge dunkel vom Blut. Jo erkannte den belgischen Koch, der mit weit geöffnetem Mund da lag. Fast erschien es so, als hätte er im Moment seines Ablebens noch ein großes Stück Stopfleber verschlingen wollen.

»Mehr Licht«, befahl Jo. Kerzen wurden gereicht. Nun konnte der Kommissar sehen, was er bereits vermutet hatte. Auch an dieser Mordwaffe klebte Senf. Jo roch daran, probierte, ließ den Geschmack nachwirken und kramte dann sein Mobiltelefon aus der Hosentasche.

»Aufwachen«, sagte er, als der Kollege Delzepich sich verschlafen meldete. »Wir haben hier eine weitere Leiche an Senf. Ich tippe auf Estragon.«

Einige Zeit später reichte Jo den sehr bekümmerten Hausherren eine Senfprobe von der Tatwaffe.

»Keine Angst«, sagte er. »Da ist kein Blut dran. Ich habe auch schon davon probiert. Was sagen Sie?«

Ruth Breuer lehnte erneut dankend ab. Ihr Vater kostete, dann atmete er tief durch und meinte: »Gott sei Dank wiederum keines unserer Rezepte, obwohl wir etwas sehr ähnliches haben. Diverse Kräuter, hauptsächlich Estragon. Sehr würzig, sehr gut gemacht. Fragen Sie den Breidelsley, der ist bekannt für einen solchen Senf.«

Jo nickte. »Das werden wir tun.« Er gab einem Kollegen einen Wink, der daraufhin wenig später mit Gisbert Freiherr von der Breidelsley nebst Salomé Holzportz zurückkehrte.

»Unsinn!«, rief der Koch erbost.

»Probieren«, konterte Jo und hielt ihm die Senfprobe entgegen. Von der Breidelsley kostete, zögerte, kostete nochmals und sagte dann: »Gut gemacht, zugegeben, aber definitiv nicht mein Senf.«

Jo grinste. »Das denke ich auch. Die erste Leiche wurde auch nicht mit dem originalen Senf des Monsieur Breleur verfeinert. Hier treibt jemand ein Spiel mit uns. Und eins dürfte klar sein …«, Jo machte eine akzentuierende Pause, »… wenn hier noch ein Mord geschieht, sind wahrscheinlich Sie das Opfer, Herr Freiherr … äh … Sie wissen schon.«

»Dann reise ich sofort ab!«, rief von der Breidelsley.

»Mal langsam«, entgegnete der Kommissar. »So weit wird es nicht kommen. Langsam fügt es sich zusammen. Ich möchte, dass alle Ihre Kollegen sich hier einfinden. Wir werden den Mörder entlarven. Und zwar heute Morgen noch, damit ich einen freien Restsonntag habe.«

»Gute Idee«, sagte Kerstin, die in diesem Moment dazu kam.

»Ich hab es schon gehört. Wieder ein toter Koch. Eigentlich schade, dass ich gestern zu früh schlafen gegangen bin.«

Sie gab Jo einen flüchtigen Kuss und lächelte in die Runde. Jo atmete tief durch, grübelte kurz, dann sagte er:

»Ja, mein Schatz. Ich bin dir direkt dankbar für das schöne spannende Wochenende.«

Nach und nach gesellten sich sämtliche Teilnehmer des Kochwettbewerbs zu ihnen. »Also, meine sehr verehrten Damen und Herren Köche und Tatverdächtige. Ich glaube, wir sind uns alle einig, dass der Mörder, der leider in dieser Nacht trotz meiner Anwesenheit wieder zugeschlagen hat, hier unter uns weilt.«

Allgemeines Kopfnicken und zustimmendes Gemurmel. Jo fuhr fort:

»Und ich bin nicht gewillt, einen weiteren Mord geschehen zu lassen.«

»Kennen Sie denn den Mörder schon?«, fragte der alte Senfmüller, der mit seiner Tochter und allen Mitarbeitern hinzugetreten war.

»Vielleicht sind Sie es selbst!«, rief Gisbert von der Breidelsley. Guido Breuer raufte sich den silbernen Bart. »Unerhört! Und mit welchem Grund? Das schadet mir doch nur!«

»Pah«, meinte Salomé Holzportz. »Sie können es doch nur nicht verknusen, dass einige der Teilnehmer einfach besseren Senf herstellen als Sie selbst!«

Breuer winkte ab. »Blödsinn!«

Jo nickte. »Diesem Urteil würde ich beipflichten. Wo wir aber bei Motiven sind: Lieber Herr von der Breidelsley, was verband Sie noch einmal mit dem ersten Mordopfer?«

Der Freiherr blickte finster zu Boden. »Das wissen Sie doch.« Ruth Breuer meldete sich zu Wort: »Es ist mir etwas peinlich, aber ich weiß, dass der gute Gisbert auch ein Motiv hatte, Jacques Breleur zu töten.«

Jo blickte die Hausherrin überrascht an.

»Ach, dann lassen Sie doch mal hören.«

»Ich weiß, dass Breleur einmal als Jungkoch einen Preis erhalten hat für eine angeblich von ihm kreierte Senf-Praline. *Angeblich* sage ich deshalb, weil er in Wahrheit dieses Rezept von seinem Jugendfreund Gisbert von der Breidelsley gestohlen hat!«

»Stimmt das?« Jo sah den Koch ernst an. Der zuckte die Achseln: »So in etwa. Wir waren Freunde, und ich hatte die Idee für diese Senfpralinen. Er hat sie dann umgesetzt und alles für sich beansprucht. Aber das ist lange her, und ich habe in der Zwischenzeit andere, wichtigere Preise gewonnen. Mein Restaurant hat drei Sterne!«

Jo meinte: »Ich denke, dieser Mann hat sicherlich ein Motiv für beide Morde. Und doch glaube ich nicht so recht an diese Variante.«

Er winkte seinen Kollegen Delzepich heran. Der hielt ein langes Fleischermesser in seiner Hand.

»Schauen Sie bitte, Herrschaften!«, sagte Jo. »Beide Opfer waren von mittlerer Körpergröße, so wie ich. Und wir haben festgestellt, dass die Mordwaffen jeweils mit Wucht von oben nach unten, jedoch in einem relativ flachen Winkel in die Brust der Opfer gestoßen wurden. Und nun schauen Sie mal!«

Delzepich holte aus und simulierte einen Stoß mit dem langen Messer.

»Sehen Sie?«, fragte Jo. »Es ist offensichtlich, dass der Stoß viel zu steil von oben erfolgt. Der Mörder muss also entweder in gebückter Haltung zugestochen haben, was ich aber aufgrund der großen Wucht, mit der der Stoß jeweils ausgeführt werden musste, nicht glaube. Oder aber, und das halte ich für viel wahrscheinlicher, der Mörder ist deutlich kleiner als die beiden Opfer.«

Alle Blicke richteten sich nun auf den Kölner Sternekoch Manni Erberich, der mit Abstand der Kleinste der Köche war. Der schüttelte energisch den Kopf.

»Nee, sit ihr jeck? Ich wor et nit! Su jet kann ich jar nit!«

»Das ist aber nicht gerade ein hieb- und stichfestes Alibi«, meinte Jo trocken.

»Ävver ich kannt die Blödmänner doch fast övverhaup nit!«

»Da gebe ich Ihnen vorläufig recht. Ich kann auch keine relevante Verbindung zwischen Ihnen und den Mordopfern erkennen.«

Erberich nickte zustimmend. »Do hammer et doch!«

»Würden Sie trotzdem so freundlich sein, einmal einen Stoß zu simulieren?«, fragte Jo.

Erberich schüttelte energisch den Kopf. »Nee, Herr Kommissar, für su jet bin ich fies! Sorry!«

Jo lachte und meinte: »Von mir aus. Wen könnte ich denn wegen einer Demonstration bitten?« Er sah sich um, sein Blick blieb an Kerstin hängen, die ebenfalls einen ganzen Kopf kleiner war als er selbst. »Mein

Schnuckelschatz«, sagte er. »Wenn du schon mal da bist, würdest du so nett sein?«

Kerstin nahm achselzuckend das Messer in die Hand. Dann führte sie die Klinge im Zeitlupentempo an die Brust des Kommissars. »Sehen Sie«, meinte Jo. »Bei einem Täter dieser Größe passt der Stoßwinkel.«

»Aber wer kommt denn als Täter infrage?« Guido Breuer sah den Kommissar zweifelnd an. »Es ist doch niemand sonst hier unter uns in der richtigen Körpergröße.«

Kommissar Delzepich trat zu Jo und flüsterte ihm etwas ins Ohr. Der nickte und machte dann ein sehr ernstes Gesicht.

»Lieber Herr Breuer, es ist mir überhaupt keine Freude, Ihnen nun mitzuteilen, dass der Mörder Ihnen allen gerade eben live sein Handwerk vorgeführt hat!«

Nun starrten alle entgeistert auf Kerstin, die immer noch mit erhobenem Messer vor Jo stand. Die lange Klinge zeigte noch immer auf seine Brust. »Spinnst du?«, fauchte sie Jo an.

»Um Gottes Willen, wie kommen Sie denn darauf?«, fragte Breuer. Jo antwortete: »Es ist meine Spürnase, die mich auf die richtige Fährte gebracht hat. Und dies meine ich wörtlich. Als der Mörder mich in der Dunkelheit anrempelte, stieg mir ein irgendwie vertrauter Geruch in die Nase. Ich war verwirrt und vergaß es, noch bevor ich es richtig realisieren konnte. Doch eben, als meine liebe Kerstin mir zur Begrüßung nahe kam, roch ich sie wieder, ihr Parfüm und auch ... nun, das ist sehr persönlich. Jedenfalls sie ist die Mörderin, daran besteht leider kein Zweifel.«

Kerstin lachte rau und freudlos auf. »Jetzt bist du aber endgültig übergeschnappt, Wollbrand! Deine Nase in allen Ehren, aber so kannst du mir doch nicht zwei Morde anhängen?«

Jo schüttelte traurig den Kopf.

»Nein, mein Schnuckelschatz, so bin ich dir lediglich auf die Schliche gekommen. Den Beweis lieferte mir soeben eine Meldung aus dem Labor. Ich wollte es ja nicht glauben, aber die erste Senfprobe enthält zweifellos deine DNS. Du warst nicht schlecht bei der Zubereitung der gefälschten Senfsorten, aber wie fast jeder Amateur hast du die modernen Möglichkeiten der Ermittlungstechnik unterschätzt. Aber eins musst du mir verraten: Warum das alles? Die Beweise sind da, aber das Motiv? Ich verstehe es nicht.«

Kerstin schnaubte verächtlich.

»Also bist du bei all deiner Ermittlungstechnik doch ein Trottel! Du hast nie gemerkt, wie gut ich im Kochen mit Senf bin. Und diese arroganten Arschlöcher hier …«, sie zeigte auf die Köche, »… lassen aus alter Tradition nur Sterneköche für diesen Wettbewerb zu. Vielleicht weil sie wissen, dass sie sich im Wettbewerb mit einer hervorragenden Hobbyköchin wie mir allesamt blamieren würden!«

»Und deswegen wolltest du einen nach dem anderen umbringen?«

Kerstin verdrehte die Augen und antwortete nicht.

Gisbert von der Breidelsley mischte sich ein:

»Offenbar ging es um die führenden Vertreter, die ihren Antrag auf Teilnahme schon mehrfach verweigerten. Das waren Breleur, Tricatel – und ich.«

»Du?«, fragte Salomé Holzportz und wich einen Schritt von ihm zurück. »Du alter chauvinistischer Feigling!«

Jo meinte zu Kerstin: »Und jetzt weiß ich auch, meine eiskalte Senfköchin, warum dein Koffer so schwer war. Du hast mich deine Mordwaffen und die vorbereiteten Senfproben schleppen lassen.«

»Nee, wat für 'ne fiese Charakter«, meinte Manni Erberich.

»Musst du Zwerg auch noch deinen Senf dazu geben!«, fauchte Kerstin und hob drohend das Fleischermesser.

»Na na, lass das«, mahnte Jo. »Gib mir bitte das Ding, mein Schnuckel! Es ist aus – mit deinem bösen Mordspiel und mit uns.«

Kommissar Delzepich war hinter Kerstin getreten und nahm ihr mit festem Griff das Messer ab. Sie zitterte vor Wut.

»Bei mir machst du immer den Trottel, und jetzt sprühst du vor Scharfsinn!«

Jo lächelte. »Ach, so scharfsinnig war das gar nicht. Ich konnte dich nur immer schon gut riechen, das war der Schlüssel zur Lösung. Und das mit der DNS-Analyse war natürlich gelogen, ein blöder, alter Bluff. Funktioniert aber nach wie vor. Ohne Geständnis hätten wir dich wahrscheinlich nicht erwischt.«

Delzepich führte die wutschnaubende Kerstin ab. Die Kochgesellschaft blieb verdattert zurück. Der alte Senfmüller strich seinen Silberbart glatt, der sich in den letzten Minuten gehörig gesträubt hatte, und meinte: »Wirklich schlimm das Ganze, aber wenigstens hat sie nicht meinen Senf benutzt.«

Zuckerschlecken

Ein Dorf, abgeerntete Felder, Schuppen, im Hintergrund Berge. Hohe Berge, schneebedeckt, aber hier unten ist es heiß wie in der Hölle. Hier ist die Hölle. Johann Krämer liegt im heißen Sand und stinkt, denn er hat sich seit vier Tagen kaum gewaschen, keine Wäsche gewechselt und viel zu viel an: Uniform, Handschuhe, Helm, Schutzweste. An der Kleidung befestigt Ausrüstung, neben sich das Gewehr. Die Tarnfächer aus Ästen, Gräsern und Gestrüpp vor und über ihm geben wenig Schatten. Seit Stunden starrt er auf das Dorf in der Provinz Kundus, auf die Straße und die Kameraden, die dort Sprengfallen beseitigen. Als am frühen Nachmittag Schüsse fallen und Panzerfäuste explodieren, lodert das Höllenfeuer hell auf. »Noch eins«, sagt Krämer. Zeitgleich mit dem Wirt, der sein nächstes Herrengedeck vor ihn stellt, gleitet ein Mann auf den Barhocker neben ihn.

»Mensch, Iltis, du hast ganz gut getankt«, sagt eine vertraute Stimme. Krämer riskiert einen Blick. Neben ihm sitzt Sebastian Nikolai. Sebi, der Schmied. Der Kamerad aus Bad Bertrich, mit dem zusammen er das Karfreitags-gefecht vor zwei Jahren überlebt hat, der damals sein Kommandant war. »Für ihn auch eins«, ordert Krämer, und starrt wieder in sein Bier. Er schweigt.

Sebi sagt »Prost«. Sie trinken aus, Sebi ordert neu. »Ich freu mich, dich zu sehen«, sagt er. »Ist schon über ein Jahr her«, fährt er fort. »Wie geht's dir?«

Krämer, der Iltis, ordert eine neue Runde.

»Wohnst du hier?« Krämer schweigt. »Machst du was?« Krämer spuckt aus: »Was denn?«

Die Runden kommen und gehen im Trautzberger Hof bei Strohn, wo sonst nichts geht. Von 511 Einwoh-nern haben 562 »Gefällt mir« geklickt auf der »Bürger-seite: Wollen wir eine Abfalldeponie Strohn«.

Als der Trautzberger Hof schließt, treten der Schmied und der Iltis vor die Tür und schauen auf die K 26. Es kommt kein Auto vorbei.

»Und jetzt?«, fragt Sebi.

»Im *Square Dance Club* gibt's manchmal noch was«, antwortet Johann, »wenn nicht, können wir die Lava-bombe in Strohn angucken, aber zu trinken gibt's da nüscht.«

»Ich weiß was Besseres, komm mit.«

Als Sebi per Knopfdruck einen Porsche Cayenne öff-net, kommt zum ersten Mal Leben in Krämer. Die Rol-len sind vertauscht, aus seinem plötzlich nüchternen Kopf kommen Fragen, aber nun schweigt Sebi. Als sie nach wenigen Minuten die Sprinker Mühle im Alftal erreichen, sind alle Fenster erleuchtet. Beim Passieren der Hofeinfahrt erkennt Krämer die kleinen, roten LEDs mobiler Überwachungskameras. Vor dem Gebäude parken Sport- und Geländewagen. »Nicht aussteigen«, befiehlt Nikolai und gibt etwas in sein Telefon ein. Ein Scheinwerfer strahlt sie an, zwei rote Laserzielpunkte schwenken vom Auto weg zur Seite, ins Gebüsch.

»Ey Alter, was geht denn hier, Mann?«

Sebi winkt ab. »Warte, bis wir drin sind.«

Knapp ein Dutzend Männer grüßt, zwischen ihnen aufgedonnerte Mädels. Sebi macht die Runde, während Krämer die Gruppe von der Tür aus betrachtet. Schließlich kommt sein ehemaliger Kommandant zu ihm zurück, zieht ihn ein paar Schritte nach vorne in die Runde, dreht ihn herum und sagt: »Achtung! Leute, das hier ist Johann Krämer. Er war nicht nur in meiner Kompanie der beste Scharfschütze, es gab keinen besseren unter allen Deutschen in AFG. Er ist mein Gast, seid nett zu ihm.«

Die Männer nicken, murmeln und wenden sich wieder ihren Beschäftigungen zu. Sebi zieht Johannes zur Bar und schenkt ihm ein Bier ein. Der sagt: »Ihr habt einen Haufen Waffen und Technik. Was treibt ihr hier eigentlich?«

»Als ich dich in der Bar traf, hatte ich den Eindruck, dass du ganz ordentlich was wegkippst, oder?«, fragt Sebi statt einer Antwort. Krämer nickt. »Frustriert?« Nicken. »Nix zu tun?« Krämer nickt wieder, die Stimmung sinkt auf das Ausgangsniveau vom Trautzberger Hof. »Was soll man hier schon machen? Du bist doch aus der Gegend. Ich hatte Jobs, aus denen ich rausflog. Kann mich schlecht konzentrieren, muss immer an den Karfreitag denken. Und hier? Die ham' doch alle keine Ahnung!«

Krämer nickt stur weiter und will sein Bier runterstürzen, aber Nikolai fällt ihm in den Arm. »Lass ma' mit dem Saufen, du brauchst einen klaren Kopf.« Fragender Blick.

»Mir ging's wie dir, und so ging es allen hier. Alles Kameraden, alle waren in AFG, und danach in der Scheiße. Ab jetzt geht's uns gut, siehst du ja.« Krämer lässt den Blick durch den Raum gleiten, wo die Party im vollen Gange ist. Tanzen, knutschen, saufen, fummeln, kiffen und die ersten Paare verschwinden auf die Zimmer.

»Brauchste Kohle?«, fragt Nikolai. Erstaunter Blick. »Es ist ganz einfach: Wir machen einfach, was wir können«, erklärt er seinem Kameraden.

»Und? Ich kann nix, ich bin nix, gebt mir eine Uniform.«

Nikolai lacht: »Flecktarn brauchste bei uns nicht, aber du kannst das, was uns noch fehlt.«

»Und das wäre?«

»Aus 500 Metern treffen.«

»Wir sind nicht mehr im Einsatz.«

»Doch, aber jetzt kämpfen wir für uns selbst. Gutes Geld bei überschaubarem Risiko und ohne Opfer. Ein Zuckerschlecken, verglichen mit Kundus.«

Schweigen. Neues Bier. Schweigen.

»Was habt ihr vor?«

»Kennst du die Lieger Mühle im Dünnbachtal?«

»Da wohnt doch so'n reicher Araber mit seinem Hofstaat. Ein Kumpel von mir hat für den geschafft, ekelhafter arroganter Typ.«

»Eben der. Abgelegenes Gehöft, am Einsatztag leer, keine Security, die Sicherung ist ein Klacks für uns, massig Gold und Geld. Schnell rein, schnell raus, schnell reich.«

»Und was soll ich dabei machen? Wofür braucht ihr nen Scharfschützen?«

»Zu 99 Prozent nichts. Du bist unsere Sicherheitsreserve, beziehst Stellung auf dem Heidekopf. Von dort kannst du die einzige Zufahrt kontrollieren. Wenn jemand kommt – wovon ich nicht ausgehe – alarmierst du uns und hältst ihn mittels Sperrfeuer auf. Nur Sperrfeuer, keine Treffer.«

»Was bekomme ich dafür?«

»Wir machen's wie die Freibeuter und teilen die Beute zu gleichen Teilen.«

»Wie viel?«

»Naja, genau weiß man's erst hinterher, aber wir haben zuverlässige Informationen, dass der Araber zwei Millionen in bar und Gold dort hat. Dazu kommt, was wir finden und abtransportieren können: Schmuck, Elektronik, vielleicht Autos. Wir haben einen Lastwagen dabei und genug Lagerfläche, um mehrere Autos zu verstecken. Ich denke, 100.000 für jeden sind die Untergrenze, das Dreifache auch möglich.«

Schweigen.

»Ich bin dabei.«

»Yessss! Gimme Five!«

Der Platz auf dem Heidekopf ist ideal. Abgelegen, mit voller Sicht auf den Zufahrtsweg und das Objekt. Nikolai und der Sturmtrupp haben gerade das Tor geknackt, der LKW rollt durch. Die Männer verteilen sich Richtung Garagen und rund um das Anwesen, als Schüsse fallen. Krämer liegt hinter seinem schussbereiten G22 mit Nachtsichtvorsatz. Im grünen Licht des Zielfernrohres sieht er, wie der Plan den Dünnbach runtergeht. Das Objekt ist doch nicht leer. Einer der Ex-Soldaten schießt sofort, als der erste Securitymann auftaucht. Dann bricht die Hölle los. Teile von Nikolais Trupp sind psychisch offensichtlich noch nicht aus dem Einsatz zurück, sie schießen auf alles, was sich bewegt. Nikolai und ein zweiter Kamerad versuchen, sie zu stoppen und werden erschossen. Krämer schwenkt sein Gewehr von einem zum anderen und sieht immer mehr Männer sterben. Dann kommt die Frau aus dem Haus gerannt. Zwei Angreifer stürzen sich auf sie und schleppen sie zur Seite, Krämer schwenkt den Lauf und verfolgt damit die Männer, sieht ihr Grinsen in seiner grünen Zieloptik. Die Schüsse hören auf, offensichtlich lebt keiner der Hausbewohner mehr. Oder sie haben sich versteckt. Seine Gedanken überschlagen sich. Keine Security. Leer. Schnell raus. Keine Opfer. Saubere Sache. Zuckerschlecken.

Einer der beiden Typen hält jetzt die Frau fest, während der andere langsam den Reißverschluss seiner Hose öffnet. Da tritt Stille ein in Krämers Kopf, sein Körper wird ruhig. Er kontrolliert Atmung und Puls, nimmt den Typen ins Visier, sein rechter Zeigefinger legt sich an den Abzug, er sucht den Druckpunkt, der

Typ kniet sich vor die auf dem Rücken liegende Frau, das Fadenkreuz liegt ruhig auf seinem Oberkörper. Krämer atmet aus.

Plopp.

Der Typ fällt, die Frau schreit.

Plopp, der zweite sackt zusammen.

Die Frau rennt vom Grundstück weg in die Dunkelheit, niemand folgt ihr. Krämer lässt den Abzug los und dreht sich auf den Rücken. Sterne. Kälte. Tränen.

Alles Eifelkrimi, oder was?

VON CARSTEN HENN

Unter seinen Kollegen galt Ralf Kramp als einer der nettesten, charmantesten und geduldigsten Menschen. Wenn nicht der Welt, so doch zumindest der Eifel. Aber seine engelsgleiche Geduld hatte nicht damit gerechnet, irgendwann auf Dietmar Holzkoven zu treffen. Dieser durchfuhr mit seinem Wohnmobil, Typ *Tramp*, die Eifel. Es war, wie er ausführlich dargelegt hatte, nach Agatha Christies belgischem Meisterdetektiv *Hercule* getauft worden. Natürlich kamen viele Krimifans in die Eifel, besonders nach Hillesheim. Sie gingen den Eifelkrimi-Wanderweg, übernachteten im Krimihotel und gönnten sich *Miss Marple's Teatime* hier im Café Sherlock. Alles gut und schön. Doch Dietmar Holzkoven hörte seit anderthalb Stunden einfach nicht auf zu fragen – und Kramp hatte schließlich noch anderes zu tun.

»Ist das eine original Sherlock-Holmes-Deerstalker Mütze?«, fragte Holzkoven und wies auf die ausstaffierte Schaufensterpuppe.

»So ist es«, sagte Kramp und blickte auf seine Taschen-uhr. »Sie wurde aus Holmes' Sarg entwendet. Ich habe eine horrende Summe dafür hinblättern müssen.«

Holzkoven nickte anerkennend. »Und ist das im Mund eine echte Bruyère-Pfeife?«

»Jawohl, eine echte, keine aus Seife geschnitzte. Hol-mes hatte aber wohl viele verschiedene Pfeifen, es gibt nicht die eine. Aber sie ist von ihm. DNA-Analysen von Spuckeresten haben es bewiesen.«

»Und ist es sein original Inverness-Mantel?«

»Mit Blutspuren!«, sagte Kramp. »Leider mittlerweile ausgeblichen, aber sie sind da. Unser ganzer Stolz. An Holmes' Todestag fängt der Mantel immer ein wenig an zu bluten.«

Dies waren die Fragen 272, 273 und 274. Kramp hatte mitgezählt, eine seiner vielen Schrullen, neben dem Sammeln von Obstaufklebern und der Zucht engli-scher Berkshire-Hühner. Der verschrobene Krimiautor focht in Schrift und Wort stets mit der feinen Klinge der Ironie, doch Holzkoven war einer der Menschen, bei denen nur ein Hieb mit dem beidhändig zu greifenden Breitschwert des Humors irgendeine Wirkung zeigen konnte. Und so prallte die Krampsche Ironie einfach ab. Holzkoven glaubte ihm jedes Wort. Schließlich war er auch ein Anhänger der Theorie, dass Holmes gelebt haben musste und eben keine fiktive Figur war.

»Und die Schuh…«, wollte Holzkoven gerade fragen, als es Kramp zu bunt wurde.

»Alles echt. In der Eifel werden keine Kosten und Mühen gescheut. Überall in der Eifel. Es ist ein Fest für Kriminalliebhaber. In jedem Haus ist hier schon je-

mand umgebracht worden. Es sind die zusammenge-
tragenen Mörderhäuser aus ganz Deutschland. Stein
für Stein ab und wieder aufgebaut.«

Holzkoven sah ihn fassungslos an. »Und die Bewohner? Alles Täter?«

Kramp lachte den hageren Mann mit der Nickelbrille
an. »Wo denken Sie hin! Schauspieler! Hier wollte doch
keiner mehr leben. Nicht einmal Mörder. Die ganze
Eifel war entvölkert. Eine Geisterregion. Den Menschen
war es zu kalt und zu zugig. Die kriegten alle Rheuma
und einen steifen Hals.«

»Die Armen!«

»Genau. Also schnell weg. Doch dann kam einem PR-
Fuzzi die Idee mit der Krimiregion. Und jetzt ist das
hier das größte Freilichttheater Deutschlands. Da können Sie mal sehen!« Er beugte sich mit vertraulicher
Miene vor. »Sobald Sie mit Ihrem Wohnmobil die
Grenzen der Eifel überfahren kommt nachts ein Elite-
trupp des Fremdenverkehrsbüros und tauscht alles für
die kriminellen Begegnungen aus, die Ihnen widerfah-
ren werden. Zum Beispiel Minisprengsätze für den falschen Kugelhagel, der Ihren Camper trifft. Oder kleine
Nebelmaschinen in den Felgen. Die tauschen eigentlich
alles aus.«

»Auch den Fäkalientank?«, fragte Holzkoven.

»Nein, nur den Inhalt.«

»Ach?«

»Ja. Karamellsirup. Mit Stückchen.«

»Aber der Inhalt der Chemietoilette ist doch blau.«

»Natürlich blau eingefärbt. Ist doch klar. Oder muss
ich das extra erwähnen?«

»Nein, nein. Ich wollte nur sichergehen. Und das Grauwasser im Tank?«

Kramp hatte keine Ahnung, was das war, aber eine Ahnung welche Flüssigkeit grau sein könnte. »Mohnmilch. Kostet ein Heidengeld. Aber was macht man nicht alles! Hier wird kein Aufwand gescheut. Ich bin eigentlich Schreiner und wurde zum Krimischriftsteller umfunktioniert. Schön war das nicht. Schön ist was anderes.«

»Wieso?«

»Mir fehlt das Holz. Sehr. Manchmal stehe ich nachts auf und schreinere mir was. Stühle oder Bettpfosten. Manchmal auch süße Schaukelpferde. Darf nur keiner wissen. Also pssst.«

»Ja, klar. Von mir erfährt keiner was.«

»Schön. Ich muss dann auch wieder an die Arbeit. Für die anderen Touristen den Krimiautor geben. Tweedsakko mit Ellbogen-Patches liegt bereit, Pfeife ist gestopft.«

»Dann wünsche ich Ihnen noch einen schönen, oder wollen wir lieber sagen, mörderischen Tag?«

»Ja, das wollen wir. Unbedingt. Gehaben Sie sich wohl. Und immer dran denken: Alles Show!«

Dietmar Holzkoven schüttelte immer noch den Kopf, als er die drei Stufen seines *Hercule* ausfuhr und zu seiner Frau in das Wohnmobil stieg. Sie schmierte gerade in der kleinen Küche einige Stullen. Dick mit Butter. »Stell dir nur vor, Hiltrud, die ganze Eifel ist ein Freilichttheater. Alles Schauspieler.«

»Kam mir von Anfang an so vor«, antwortete sie. »Die kamen mir doch alle sehr komisch vor.«

»Ja, mir auch«, sagte Dietmar. »Erklärt einiges.«

»Abendessen ist gleich fertig. Wo geht es danach hin?« Hiltrud war eine Frau, die in ihrer Kompaktheit wie geschaffen war für das Leben im Campervan und problemlos in eines der vielen, praktischen Staufächer gepasst hätte.

»Schauen wir mal. Irgendwohin, wo es gefährlich aussieht. Schließlich ist man nicht jeden Tag in Deutschlands größtem Freilichttheater!«

STELLPLETZÄ stand in schwarzem Teer auf dem aus groben Brettern zusammengenagelten Schild, das einen Feldweg hinunter in den Wald zeigte.

»Genau richtig«, sagte Dietmar und fuhr langsam mit dem Wohnmobil die hubbelige Strecke entlang. Der gute *Hercule* steckte alles ohne Murren weg, und Hiltrud hatte alles so gekonnt verstaut, dass nichts aus den Schränken fallen konnte. Zu den Klängen von *Ohne Krimi geht die Mimi nie ins Bett* schaukelten sie zu einem Bauernhof, der selbst für die Eifel einen ausgestorbenen Eindruck machte. Nur eine funzelige Außenleuchte brannte – nirgendwo waren ein Campingzelt oder ein Wohnmobil zu sehen. Dietmar hupte. Kurz darauf trat ein buckliger Mann in ranzigem Unterhemd aus dem Haus und schlurfte auf sie zu. Dietmar kurbelte das Seitenfenster herunter.

»Guten Abend, hätten Sie wohl noch etwas frei?«

Debil nickte der Mann und leckte sich die Lippen. Im Haus ging das Licht an. Dietmar erkannte durch das schlierige Fenster die Küche. Eine ältere Frau feuerte jetzt den riesigen Ofen an.

»Hinter Haus. Neben große Grube.«

»Klingt wundervoll kriminell. Und unter uns: Sie sehen toll aus. Wirklich wie ein degenerierter Dörfler. So ein richtiger Depp!«

»Er meint, Sie sehen aus wie ein Vollidiot«, übersetzte Hiltrud, sich herüberbeugend. »Toll auch die Hasenscharte und die rauchgelben Stummelzähne.«

Dietmar hob beide Daumen.

Die Augen des Mannes verengten sich. »Mir folgen!«

Es gab weder Strom, noch Frischwasser, und erst recht keine Toiletten, Duschen oder einen Abguss zum Entleeren des Fäkalientanks. Wobei der Einheimische bei der Frage nach diesem einfach auf die Grube deutete, deren Grund im Dämmerlicht nicht zu erkennen war.

»Was kostet der Platz denn?«

»Macht Mutter. Gleich kommt.«

Er schloss die Schranke zum Hinterhof, die Dietmar und Hiltrud zuvor gar nicht aufgefallen war. Und legte eine Kette mit einem schweren Schloss darum. Dann verschwand er erregt kichernd in der Dunkelheit.

»Sie tun so, als wollten sie uns nicht wieder weglassen«, freute sich Dietmar. »Bin schon sehr gespannt auf die Darstellerin der Mutter!«

»Wahrscheinlich bedroht sie uns mit einer Pistole!«

»Oder einem Messer?«

Kurze Zeit später sahen die beiden den Buckligen wieder. Er kam mit dem Stellpletzä-Schild um die Ecke und warf es in die Grube.

Dietmar und Hiltrud beschlossen, vor der kommenden Aufführung noch etwas zu essen, wozu Öl in einem Topf erhitzt und Kartoffelspalten frittiert wurden. »Ist natürlich kein echtes Öl mehr«, sagte Dietmar. »Alles ersetzt vom Fremdenverkehrsamt. Schmeckt aber täuschend echt! Hier müssen wir unbedingt noch mal hinkommen. Da kann der Harz wirklich nicht mithalten.«

Es klopfte an der Tür. Oder besser gesagt: es wummerte dagegen.

»Ah, da kommt sie«, freute sich Dietmar. Doch bevor er die Tür öffnen konnte, hatte Hiltrud dies schon erledigt. Vor dieser stand nicht nur die Mutter, sondern auch noch ihre vier Söhne, die den Eindruck machten, sie seien nicht nur Brüder, sondern auch Onkel und Schwippschwager voneinander. Sie hielten Heugabeln, Schaufeln und schwere Hämmer in den Pranken.

Hiltrud drehte sich um. »Spielen wir mit, Didi?«

»Aber natürlich! Wo bliebe sonst der Spaß?«

Hiltrud hob die Hände. »Was haben Sie mit uns vor?«

»Schnauze!«, sagte die Mutter. »Meine Jungens haben Hunger. Und ihr beiden kommt mir gerade recht.«

»Toll. Ganz, ganz toll«, sagte Dietmar und folgte Hiltrud hinaus. Kurze Zeit später saßen sie im mit Heu ausgelegten Schweinekoben. Die Mutter hatte ihnen befohlen, sich auszuziehen und mit der bereitstehenden Marinade einzureiben. Dietmar probierte sie und musste als erfahrener Griller zugeben, dass sie wirklich äußerst gelungen war. Mit viel frischen Kräutern der Region. Doch er fand, dass Ausziehen und Einreiben einen Hauch zu weit ging. Bei aller Liebe für das Freilichttheater. Deshalb zog er einen Ziegelstein aus der alten, gemauerten Wand und hielt ihn hinter dem Rücken versteckt. Dann begann er zu brüllen.

»Hilfe! Polizei! Hört uns denn niemand? Wir sollen gegessen werden!«

Schon nach kurzer Zeit erschien der Bucklige und sah durch das vergitterte Türfenster herein. »Fresse zu! Sonst Prügel!«

Dietmar schrie weiter. Und als der Bucklige aufschloss und hereintrat, die Hände wie Klauen erhoben, drosch er ihm den Ziegelstein ins Gesicht. Der Mann fiel sofort um, Nase und Mund erinnerten nun an eine großzügige Portion Bolognese. Dietmar beugte sich hinunter. »Sieht unglaublich echt aus. Hoffe, es hat nicht weggetan, mein Lieber!« Er wandte sich zu Hiltrud. »Komm, Hilli, wir knöpfen uns die anderen vor. Ich habe auch schon ein paar Ideen, wie.«

Dietmar war ein Mann, der sich dank allmorgendlicher gymnastischer Übungen in guter Verfassung befand. Und so stellte es für ihn keine Mühe dar, den Kopf des zweiten Sohns in den glühenden Ofen zu stecken. Nummer drei erschlug er mit dem Feuerlöscher aus dem Wohnmobil, Nummer vier fesselte er an Händen sowie Füßen und entleerte dann mithilfe des praktischen Abflusses der Firma Thetford den Fäkalientank direkt in den Mund des Mannes, der zappelnd so tat, als ersticke er. Und schließlich, als sei er tot. Obwohl der Sohn das nach Meinung von Didi gut spielte, vielleicht nur eine Spur zu übertrieben, faszinierte ihn doch noch mehr, dass der Karamellsirup aus dem Tank sogar roch wie Chemietoilette.

Für die Mutter der Kompanie erhitzte Hiltrud extra noch mal das Frittenöl und goss es ihr über den Kopf. Danach montierte Dietmar die Reservegasflasche aus dem Wohnmobil, brachte sie ins Haupthaus, und sie sprengten die ganze Hofanlage in die Luft.

»Sogar die Pyroeffekte sehen richtig teuer aus«, staunte Dietmar.

»Ich war beeindruckt dass man bei keinem mehr gesehen hat, dass sie noch atmen. Das sind echte Profis.«

»Die nehmen hier nicht jeden, das kannst du mir glauben!« Mit geradezu jugendlichem Elan schwang Didi sich auf den Fahrersitz und bretterte einfach durch die lautstark zerberstende Schranke.

»Weißt du was?«, fragte er, als sie wieder auf der Straße in Richtung Gerolstein waren. »Warum sollen wir in diesem Stück eigentlich die Opfer sein? Ich wollte immer schon mal der Verbrecher sein. Lass uns eine Tankstelle ausrauben!«

»Was immer du willst, Didi. Du, das ist richtig aufregend hier in der Eifel.«

»Das finde ich auch. Hatte schon seit Jahren nicht mehr solch einen Spaß!«

Sie fuhren zurück nach Hillesheim und nahmen gleich die erste Tankstelle am Ortseingang. Hiltrud nahm das große, gezackte Brotmesser, und Dietmar entschied sich für die Feueraxt. Sie kamen sich vor wie Bonnie und Clyde. Direkt beim Eintritt rannte Hiltrud schreiend auf den Kassentresen zu, während Dietmar alles kurz und klein schlug. Seine Zeit als Schwimm- und Religionslehrer einer Dorfschule im westöstlichen Teil Ostwestfalens machte sich nun bezahlt. All die aufgesparten Aggressionen von Jahrzehnten der Kindererziehung brachen sich nun Bahn in Form von wild zerhackten Lufterfrischern, Schokoriegeln und Porno-Videos. Er zögerte kurz, bevor er dem Verkäufer das rechte Bein abschlug, vertraute dann aber doch auf die bemerkenswerten Special Effects des Fremdenverkehrsamtes.

Es blieb nicht bei einer Tankstelle. Die erste hatte den beiden so viel kindliche Freude bereitet, dass sie sich von ihrem Navigationsgerät alle anderen im Umkreis zeigen ließen. Ihren *Hercule* luden sie mit der Beute voll, also mit Bargeld, Zigaretten und Alkoholika. Das Wohnmobil bot reichlich Stauraum. Aus den hochprozentig gefüllten Flaschen bastelte Dietmar dann Molotow-Cocktails. Er hatte den Dreh schnell raus.

Am Morgen trafen sie auf eine Straßensperre und ein Sonderkommando, das sich hinter dem Streifenwagen verschanzte. Dietmar sah zu Hiltrud hinüber und lächelte voller Vorfreude. »Das nennt man einen zünftigen Showdown!«

»Aber wir nehmen doch ein paar von denen mit?«

»Nur ein paar? Wir sind doch Didi und Hilli, das Verbrecherpärchen schlechthin!«

»Ach, Didi. Du bist auf einmal so … männlich.« Sie legte ihre Hand auf sein Bein.

»Ist heute etwa schon Mittwoch?« Didi zog die Augenbrauen empor. »Aber erst erledigen wir das hier. Und dann bauen wir die beiden Betten hinten zu einem Dreier zusammen. Einer Spielwiese. Das wollte ich schon immer mal ausprobieren.«

»Du verrückter Hund«, sagte Hilli, schnappte sich die abgesägte Schrotflinte, welche sie dem letzten Tankstellenpächter aus den kalten, toten Händen gerissen hatte, und sprang brüllend aus dem Campervan. Die Maschinenpistolen des SEKs mähten sie um, bevor auch nur einer ihrer Füße den Boden berührt hatte.

Didi beschloss, seine Pläne zu ändern. Das ging ihm einfach zu schnell. Mit erhobenen Händen trat er aus dem *Tramp* und ging seitwärts zu Hilli.

»Du spielst auch mit?«, sagte er überrascht. »Hör mal, das hättest du mir aber auch stecken können! Sag bloß, du hast Schauspielunterricht genommen, als du behauptet hast, deine Mutter zu besuchen, du raffiniertes Ding. Ui, da haben sie dir aber eine große Kunstblutpackung gegeben. Soviel kann normalerweise nicht aus einem Schädel fließen, aber ich will mal nicht kleinlich sein. Dank dir, Schatz! Du machst mir gerade eine Riesenfreude!« Ihm kamen ein paar Tränchen.

Er wandte sich an die Polizistenschaft. »Ich ergebe mich!« Langsamen Schrittes kam er auf die Uniformierten zu, dann brach er zusammen, ja er heulte wie ein kleines Kind. Als der erste Beamte zu ihm trat, entriss Didi ihm die Maschinenpistole und drückte sie ihm an die Schläfe. »Keine Bewegung, Freundchen!« Flüsternd sagte er zu dem kurzatmig gewordenen Mann: »Sie werden euch hier überrennen mit Feriengästen, das kann ich euch versprechen. Ich werde nämlich einen sehr lobenden Artikel für die *Caravaning* schreiben!«

Unter den Polizisten erkannte Didi nun ein bekanntes Gesicht. Es war dieser Krimiautor aus Hillesheim, also eigentlich dieser Schreiner namens Ralf Kramp. Didi winkte ihm mit der freien Hand fröhlich zu. »Danke noch mal für die Info! Toll, dieser ganze Aufwand.«

Kramps Gesicht verzog sich schmerzverzerrt. Er hielt ein Megafon empor und sprach hinein. »Hören Sie auf, um Gottes Willen! Das war doch alles nur Spaß, was ich Ihnen erzählt habe. Blödsinn. Schabernack. Ich schwöre es! Keiner hier ist Schauspieler! Das ist alles echt. Auch die Toten!«

Kramp hätte ihn überzeugen können. Wirklich. Doch der kleine, Eifeler Autor mit dem so gewinnenden Lächeln trug in diesem Moment nicht nur sein Lieblings-Tweedsakko, das er in Brighton auf dem Flohmarkt erstanden hatte, sondern hielt auch eine rauchende Pfeife in Händen.

War also verkleidet.

»Der war gut!«, rief Holzkoven, richtete die entsicherte MP5 von Heckler & Koch auf Kramp und metzelte diesen mit einer Salve nieder.

Da hielt es die Polizisten nicht mehr. Kramp umzubringen war des Guten zu viel. Der Mann war solch ein Glücksfall gewesen! Wo würden sie jetzt bloß einen Schreiner herbekommen, der so wunderbar einen Krimischriftsteller geben konnte?

Die Schüsse kamen von allen Seiten. Und in seinem letzten klaren Moment dachte Didi, wie ungemein authentisch die Eifel-Touristik sogar das mit den Schmerzen in seiner Brust, seinem Oberschenkel, seinem Unterschenkel, seinen beiden Füßen und natürlich auch das mit seinem abgeschossenen Ohr hinbekommen hatte. Und freute sich schon wie ein Schneekönig auf das fingierte Aufwachen im Himmel.

Ganz, ganz großes Kino war das.

Autorinnen und Autoren

Stefan Barz, geboren 1975 in Köln, wuchs in Kommern auf und lebt heute in Wuppertal. In Bonn studierte er Germanistik und Philosophie und arbeitete nebenbei als freier Journalist. Nach dem Studium wurde er Lehrer und begann mit dem Schreiben fiktionaler Texte. 2011 erschien seine erste Kurzgeschichte »Klassenzimmer«, 2014 sein erster Kurzkrimi »Erbsünde«, mit dem er für den *Agatha-Christie-Krimipreis* 2014 nominiert wurde. Sein Kriminalroman »Schandpfahl« erschien 2014 bei KBV.

Guido M. Breuer wurde 1967 in Düren geboren. Er wuchs in Düren und in der Nordeifel auf. Nach einer Ausbildung zum Bankkaufmann und anschließendem Wirtschaftsstudium arbeitete er als selbstständiger Unternehmensberater und lebt heute als Autor in Bonn. Seine Tatorte finden sich vornehmlich in seiner Nordeifeler Heimat, den Tälern und Höhen von Nideggen bis Monschau. Dort ermittelt auch sein Lieblings-Protagonist Opa Bertold, der sich erstmals im Frühjahr

2009 bei KBV mit »All die alten Kameraden« in das kriminalistische Geschehen der rauen Eifel einschaltete und jetzt mit »Alte Sünden« bereits seinen fünften Fall zu lösen hat. Zusammen mit Patrick P. Panahandeh ist im September 2013 »Trattoria Finale« erschienen.

Martin Brust wurde 1969 in Frankfurt geboren und wuchs nördlich davon in der Wetterau auf. Seit einigen Jahren lebt er in der hessischen Rhön. Nach Schule, Zivildienst, Studium und Auslandsaufenthalt in Paris begann er, Ende der 1990er Jahre vom Schreiben zu leben – als Journalist. Seither arbeitet er freiberuflich für verschiedene Print- und Online-Medien und unterstützt seit fast zehn Jahren Kunden bei der Presse- und Öffentlichkeitsarbeit. Wenn er nicht am Schreibtisch sitzt, hält er sich am liebsten draußen auf. Erste Versuche im literarischen Bereich gab es bereits als Jugendlicher und junger Erwachsener, bevor die Erwerbsarbeit und andere Interessen in diesem Bereich für eine lange Pause sorgten. Die ist nun vorbei. www.martinbrust.de

Carola Clasen schreibt seit 1998 Kriminalromane und Romane, die in der Eifel spielen. Darunter ist auch die Reihe um ihre eigenwillige Kriminalkommissarin Sonja Senger, die mit dem Debüt-Roman »Atemnot« seit Frühjahr 2014 komplett bei KBV erhältlich ist. Auch mit ihren Kurzgeschichten und Lesungen hat Carola Clasen sich einen Namen unter den deutschen Krimiautorinnen gemacht. Carola Clasen ist Mitglied im *Syndikat* und lebt und arbeitet in Köln.

Carolin Gilbaya, geboren 1978 in Bonn, lebt in Cochem an der Mosel. Sie studierte Anglistik und Germanistik, mit Abschluss Magistra Artium. 2013 promovierte sie an der Universität Trier und ist heute Literaturwissenschaftlerin und Dozentin für englische Literatur. 2014 war sie die Gewinnerin des *Josef-Steib-Krimi-Wettbewerbs*. Ihr Kurzkrimi wurde in »Mörderisches Moseltal« bei KBV veröffentlicht.

Sascha Gutzeit, geboren 1972, ist Autor, Sänger, Schauspieler und Entertainer. Seit 1993 macht er CDs mit eigenen Songs und schreibt Musiktheaterstücke, in denen er alle Rollen selber spielt. Er ist Mitgründer des *Vollplaybacktheaters*, nahm ein Duett mit Wolfgang Niedecken auf, komponiert Hörspiel- und Filmmusik, arbeitet als Sprecher und vertonte u. a. Kai Meyers Buchreihe *Die Sieben Siegel*. Er liebt Tomate mit Mozzarella und isst nachts heimlich Nutella mit dem Löffel. Wenn er nicht gerade mit seinen Bühnenprogrammen durch die Lande tourt, lebt er zusammen mit Frau und Hund in der Vulkaneifel. www.SaschaGutzeit.de

Carsten Sebastian Henn, geboren 1973, gilt als »Deutschlands König des kulinarischen Krimis« (WDR). Seine Reihe um den Ahrtaler Koch und Meisterdetektiv Julius Eichendorff hat mehr als 100.000 Exemplare verkauft und erscheint auch in Hörbuchform, gelesen vom Entertainer und Kabarettisten Jürgen von der Lippe. Bei KBV ist er u. a. Herausgeber der Kurzkrimisammlung »Wein, Mord und Gesang«.

Rudi Jagusch, Jahrgang 1967, studierte Verwaltungswirtschaft in Köln. 2006 erschien sein erster Krimi, weitere folgten im Jahreszyklus. Heute lebt und arbeitet er als freier Schriftsteller mit seiner Familie im Vorgebirge am Rande der Eifel. Mehr über den Autor erfährt man unter: http://www.krimistory.de

Ingrid Kaltenegger, ist in Salzburg geboren und aufgewachsen, lebt in Köln und läuft hin und wieder durch die Eifel. Vor ihrem Drehbuch-Studium an der *ifs* – internationale filmschule köln – studierte sie an der Folkwang Universität der Künste Essen und arbeitete als Schauspielerin und Schauspieldozentin für Kinder und Jugendliche. Sie schreibt an ihrem ersten Roman, Spielfilmdrehbüchern, Serien und Kurzgeschichten.

Martina Kempff ist Autorin und Übersetzerin und hat mehr als die Hälfte ihres Lebens im Ausland verbracht: Sie ist in San Francisco, Berlin und Helsinki aufgewachsen und zog nach einer Zeit als Redakteurin und Reporterin bei der *Berliner Morgenpost*, *Die Welt* und *Bunte* nach Griechenland. Später lebte sie zwölf Jahre in Amsterdam, wo sie ihre ersten historischen Romane schrieb. Die Sehnsucht nach dem deutschen Sprachraum führte sie in die Eifel, wo unter anderem ihre Karolinger-Frauen-Trilogie entstand. In der Eifel spielen auch ihre sechs Krimis um die Hobby-Gastronomin Katja Klein und den belgischen Polizeiinspektor Marcel Langer: »Einkehr zum tödlichen Frieden«, »Pendelverkehr«, »Kehraus für eine Leiche«, »Knochen im Kehricht«, »Bekehrung« und »Wiederkehr«.

Ralf Kramp, geboren 1963 in Euskirchen, lebt und arbeitet als Krimiautor, Karikaturist und Veranstalter von Krimi-Erlebniswochenenden in der Eifel. Für sein Debüt »Tief unterm Laub« erhielt er 1996 den *Eifel-Literatur-Förderpreis*. Seither erschienen zahlreiche weitere Bücher bei KBV, unter anderem sechs schwarzhumorige Kurzkrimisammlungen und die bisher sechsteilige Romanreihe um den kauzigen Helden Herbie Feldmann. Im Jahr 2002 erhielt er den *Kulturpreis des Kreises Euskirchen*. Seit 2007 führt er mit seiner Frau Monika in Hillesheim das »Kriminalhaus« mit dem »Deutschen Krimi-Archiv« mit 30.000 Bänden, dem Krimi-Café »Café Sherlock« und der »Buchhandlung Lesezeichen«. www.ralfkramp.de, www.kriminalhaus.de

Erika Kroell, lebt und arbeitet als Rundfunk-Journalistin und Schriftstellerin im Ahrtal. Sie hat mehrere Krimis und phantastische Romane verfasst und ist Autorin zahlreicher Kurzgeschichten in beiden Genres. Sie ist Mitglied im *Deutschen Sherlock-Holmes-Club*, bei *MinD*, im *Syndikat* und im *Verband Deutscher Schriftsteller*.

Andrea Neven lebt seit ihrer Geburt im Jahr 1986 in Steffeln in der schönen Vulkaneifel. Nach einer Ausbildung zur Bauzeichnerin arbeitet sie heute als Technische Produktdesignerin. Seit sie 2009 das Krimischreiben für sich entdeckt hat, vergeht kein Tag, an dem sie sich nicht voller Herzblut mit dem fiktiven Verbrechen befasst.

Elke Pistor, Jahrgang 67, lebt als Autorin mit ihrer Familie in Köln, 2010 erschien ihr erster Kriminalroman »Gemünder Blut«, dem bisher acht weitere, zahlreiche Kurzgeschichten und die Anthologie »Tod&Tofu« folgten. 2011 stand ihre Kurzgeschichte »Der Westerhever« auf der Shortlist des *NordMordAward*, 2014 gewann sie das renommierte Krimistipendium *Tatort Töwerland* und 2015 wurde sie für den *Friedrich-Glauser-Preis*, den Krimipreis der Autoren, in der Sparte Kurzkrimi nominiert. Elke Pistor ist seit 2014 Sprecherin des *Syndikats*, der Autorenvereinigung deutschsprachige Kriminalliteratur.

Moni und Simon Reinsch: Moni Reinsch, geb. 1968, lebt mit ihrer Familie in Trier. Sie hat alles mal probiert (Bank, Marketing, Personalwesen, Psychologie), lebt aber eigentlich fürs Schreiben.
Ihr Sohn Simon Reinsch, geb. 1993, studiert zurzeit Medieninformatik in Birkenfeld.
Ihren ersten gemeinsamen Krimi »Tief im Hochwald« veröffentlichten die beiden 2013. Im Sommer 2015 erschien »Moselruh« im KBV-Verlag.

Andreas J. Schulte, Journalist und Autor, Jahrgang 1965, ist verheiratet und hat zwei Söhne. Geboren und aufgewachsen in Gelsenkirchen, lebt er heute mit seiner Familie in einer alten Scheune zwischen Andernach und Maria Laach. 2013 erschien sein historischer Kriminalroman »Die Toten des Meisters«, dem folgten die beiden Bände »Die Spur des Schnitters« und »Die Ehre der Zwölf«. Neben den historischen Romanen schreibt und veröffentlicht er auch Kurzgeschichten und moderne Krimis. Andreas J. Schulte ist Mitglied im *Syndikat*. www.andreasjschulte.de

Hans Jürgen Sittig, geb. 1957 in Mayen, entdeckte als Biologiestudent in Bonn seine Begeisterung für das Fotografieren und Schreiben. Er belieferte 29 verschiedene Zeitschriften und veröffentlichte viele Fotokunstkalender und Bildbände, meist über Skandinavien, bevor er sich zunehmend seiner Heimat Eifel widmete. Mit »Mordwald«, »Tod am Laacher See« und »Bitburger Blut« publizierte er bereits drei Kriminalromane um seinen Ermittler Hauptkommissar Jan Wärmland. Zuletzt erschienen sein Bildband Traumland Eifel und der Erzählband »Die eindrucksvolle Geschichte der Eifel«. Neben seiner Autorentätigkeit ist er Schauspieler beim Taltontheater in Wuppertal und in kleineren TV-Serien.

Antonia Spohr, Jahrgang 1981, veröffentlicht seit 2008 Geschichten und Erzählungen. Sie arbeitet als Redenschreiberin und lehrt an der Universität Ulm Kreatives Schreiben und Rhetorik. Seit einigen Jahren steht sie regelmäßig mit ihrem Lesebühnenprogramm »Frau Spohr liest vor« auf der Bühne. 2009 erhielt sie ein Arbeitsstipendium des *Förderkreises deutscher Schriftsteller* in Baden-Württemberg. 2014 wurde sie mit dem Preis der *Literaturstiftung Bayern* ausgezeichnet.

Petra Steuber, geboren 1965 in Unna, hat Theaterwissenschaften an der Universität Gießen studiert und sich im Fach *Drehbuch* an der *ifs Köln* weitergebildet. Heute lebt sie in einer WG in Köln-Deutz, und typisch für Freischaffende hat sie mehrere Betätigungsfelder: Sie ist Lektorin, Dozentin im Bereich darstellende Kunst und Autorin – aktuell ist ihre Sachbuch-eBook-Reihe

»Der Schreibbegleiter« I bis V erschienen. Außerdem arbeitet sie seit vielen Jahren mit dem Maler Andreas Bausch zusammen an Projekten der Bildenden Kunst. Oft sitzt sie auch einfach nur am Rhein und schaut den Lastschiffen zu.

Thorsten Wirtz, Jahrgang '71, ist in Mechernich-Vussem aufgewachsen. Seit 1993 journalistisch tätig, aktuell Redakteur beim *Wochenspiegel* in der schönen Vulkaneifel. Fiktional ist der 2012 erschienene Eifelkriminalroman »Die Kunst der letzten Stunde« (neben einigen unveröffentlichten Kurzgeschichten und einem Krimi-Hörspiel) auch für ihn ein absoluter »Erstling«. »Die Kunst der letzten Stunde« wurde 2012 mit dem *Jacques-Berndorf-Förderpreis* ausgezeichnet.

Carola Clasen
EIFELMÄDCHEN

Taschenbuch, 280 Seiten
ISBN 978-3-95441-255-6
9,95 EURO

»Bringen Sie mir meinen Sohn!« Mit diesen Worten schickt Daniel Weinberg, ehemaliger Offizier der US Air Force, der in den 70ern in Spangdahlem stationiert war, einen Detektiv nach Deutschland, um das Kind zu suchen, das seine deutsche Geliebte erwartete, als er sie zurücklassen musste.

Tony Harper nimmt den lukrativen Auftrag an, der ihn zunächst nach Wittlich führt, wo er bald feststellen muss, dass er nicht der Einzige auf Spurensuche ist. Irgendjemand ist ihm stets einen Schritt voraus.

In der Polizeibehörde Euskirchen findet unterdessen die offizielle Abschiedsfeier für Hauptkommissarin Sonja Senger statt. Doch man wartet vergebens, sie selbst erscheint nicht. Sie ist und bleibt unerreichbar. Was ist geschehen?
Ihre Nachfolgerin, eine junge Kommissarin aus Köln, fühlt sich magisch angezogen vom dunklen Geheimnis, das das Forsthaus am Ende der Stromleitung umweht.

»Die Autorin hat wieder einen verzwickten Plot entwickelt, der fernab üblicher Strickmuster viel Spannung und Lesespaß bietet.« (Wochenspiegel zu »Tote gehen nicht den Eifelsteig«)

KBV KRIMINALROMAN

Petra Busch (Hg.)
**TÖRTCHEN-
MÖRDCHEN**

Taschenbuch, 352 Seiten
ISBN 978-3-95441-260-0
9,95 EURO

Backe, backe, Kuchen, der Mörder hat gerufen!

Eine Mordstorte für die Queen, ein Kleinstadtdealer auf Bie-
nenstich, eine tödliche Tortenschlacht … Zuckerbäckersüße,
mandelbittere, locker-luftige und schwarzhumorige Stückchen, gebacken von Daniel Holbe und Ivonne Keller, Thomas
Kastura, Tatjana Kruse, Elke Pistor, Uta-Maria Heim, Ulrike
Bliefert, Ralf Kramp, Regina Schleheck, Sunil Mann, Petra
Busch und vielen anderen.

Und als Sahnehäubchen zu jeder Story das Rezept. Köstlich,
kreativ und absolut giftfrei!

*»Einige der Kurz-Krimis sind drastisch, einige überraschend und
viele mit Humor gewürzt.«*
(ekz.bibliotheksservice zu »Mördchen fürs Örtchen«)

Mirelli, Kramp, Henn
MORDS-GEBURTSTAG
Taschenbuch und Pustekuchen
im Organzabeutel · 120 Seiten
978-3-942446-18-1 · 9,95 Euro

Mirelli, Kramp, Henn
MORDS-WEIHNACHT
Taschenbuch und Sternseife
im Organzabeutel · 117 Seiten
978-3-940077-38-7 · 9,95 Euro

Mirelli, Kramp, Henn
MORDS-OSTERN
Taschenbuch und Seifen-Osterhase
im Organzabeutel · 127 Seiten
978-3-940077-57-8 · 9,95 Euro

Mirelli, Kramp, Henn
MORDS-MUTTERTAG
Taschenbuch und Mini-Lavendel-Garten
im Organzabeutel · 127 Seiten
978-3-940077-81-3 · 9,95 Euro

Mirelli, Kramp, Henn
MORDS-HOCHZEIT
Taschenbuch und Seifen-Herzen
im Organzabeutel · 125 Seiten
978-3-942446-88-4 · 9,95 Euro

Voehl, Kramp, Henn
MORDS-URLAUB
Taschenbuch und Wasserspritzpistole
im Organzabeutel · 136 Seiten
978-3-95441-239-6 · 9,95 Euro

Moni und Simon Reinsch
MOSELRUH

Taschenbuch, 304 Seiten
ISBN 978-3-95441-254-9
9,95 EURO

Ein Mord gerät in Vergessenheit

Ein Toter im Demenzaltersheim am Moselufer ist an sich
nichts Ungewöhnliches. Da es sich aber um den jungen Alten-
pfleger Daniel handelt, muss das Ermittlerteam rund um die
Trierer Hauptkommissarin Vanessa Müller-Laskowski tätig
werden. Die Polizei steht vor einem Problem: Alle waren
dabei – aber niemand kann sich erinnern.

Erschwerend kommt hinzu, dass einer der Bewohner, Alwis
Schlöder, seit dem Todesfall unauffindbar ist. Sein Irrweg hat
ihn offenbar ins benachbarte Luxemburg geführt, und er
bleibt verschwunden. Verschiedene Spuren führen unter
anderem zum Ex-Freund des homosexuellen Verstorbenen
und zu einem polnischen Boxer, der immer wieder im Heim
gesehen wurde.

Die Zeit drängt, denn der Mord muss schnell aufgeklärt werden, bevor alle Erinnerungen für ewig gelöscht sind.

KRIMINALROMAN